BASTA DE AMOR
TÓXICO

ANDRÉS VERNAZZA

BASTA DE AMOR
TÓXICO

Cómo elegir, construir y mantener
un amor sano en tiempos modernos

AGUILAR

Primera edición: octubre de 2023

Copyright © 2023, Andrés Vernazza
Copyright © 2023, Penguin Random House Grupo Editorial USA, LLC
8950 SW 74th Court, Suite 2010
Miami, FL 33156
Aguilar es una marca de Penguin Random House Grupo Editorial
Todos los derechos reservados.

Fotografía del autor: Leonel Pinto (Eye Zeeles)
Ilustraciones de interiores: Arnaldo Morán

Impreso en Colombia / *Printed in Colombia*

ISBN: 978-1-64473-761-3

23 24 25 26 27 10 9 8 7 6 5 4 3 2 1

ÍNDICE

ÍNDICE

¿Por qué Basta de amor tóxico?

Hoy en día vivimos bajo la presión permanente de amar desde la posesión, el egoísmo y el provecho. Esta presión es ejercida por mensajes que abundan en los medios de comunicación y la publicidad; una cultura de consumo que promueve comportamientos que acaban llevándonos a relaciones tóxicas, a falsas ilusiones y a corazones rotos.

Es probable que quienes lean estas líneas me conozcan por el contenido de mis redes, o quizás hayan participado en una asesoría o en los trabajos grupales que organizo. Sabrán entonces que mi objetivo, el *quid* de lo que hago, es ayudar a comprender el amor desde otra perspectiva a la del *mainstream*; que los comportamientos tóxicos sean reconocidos como tal y no sean romantizados. Y también, que quiénes lean este libro puedan construir relaciones saludables, sobre bases sólidas y pilares definidos.

De eso se trata este libro, que he escrito con la pretensión de que, al finalizarlo, te haya dejado con una idea más clara de los vínculos de pareja, de tu lugar en ellos, de tus aspiraciones, comportamientos y sentimientos. En definitiva, mi objetivo es que puedas vivir con plenitud la experiencia de construir una relación que enriquezca tu vida.

Un segundo objetivo, pero no por ello menos importante, es proveerte de elementos de reflexión y herramientas para cultivar tu amor propio y sanar. Esto es necesario para aprender a elegir a una persona que te acompañe a construir y mantener un vínculo sano en estos tiempos.

Diseñé el contenido de este libro como una guía para que logres avistar a tiempo el amor que daña y deja heridas.

¡Espero que te ayude!

Andrés

CAPÍTULO I

Para amar a otros, primero tengo que amarme a mí

Es cierto que todos estamos rotos, en alguna medida, y eso significa que todos tenemos nuestros propios traumas, desafíos, dificultades, enojos, insatisfacciones, etcétera. Estas cosas negativas pueden afectar nuestra personalidad y nuestro comportamiento. Cuando nos dejamos abrumar por ellas podemos actuar de manera impulsiva y autodestructiva; por ejemplo, con comportamientos de autosabotaje. Los cambios emocionales drásticos pueden impactar en nuestro entorno y también en nuestra salud emocional. Sin embargo, hay personas que buscan hacer frente a su rotura y trabajan para alcanzar la estabilidad emocional, que puede ayudarles a vivir vidas más satisfechas, plenas y pacíficas. La idea no es evitar sentir emociones negativas en absoluto, sino más bien aprender a manejarlas de forma saludable, de manera que no nos abrumen, ni nos quiten la paz o la salud emocional.

Esta búsqueda de estabilidad emocional requiere esfuerzo y determinación. Puede ser un proceso desafiante, pero mejorar nuestra salud emocional tiene un impacto positivo en nuestras vidas y en las de las personas que nos rodean. Algunas de las cosas que podemos hacer para trabajar en ella son practicar la atención plena, aprender a gestionar nuestras emociones de manera saludable, buscar apoyo y consejos, y establecer relaciones sanas.

Estar bien con uno mismo para estar bien con los demás.

Cuando decimos que una persona es estable en lo emocional, no significa que sus emociones sean simples, o que no experimente emociones intensas. La estabilidad emocional es la habilidad de gestionar de manera exitosa las propias emociones, para que ellas no nos controlen a nosotros.

Esto implica adoptar un enfoque realista, tolerante y flexible frente a los impulsos y emociones que podrían, de otra manera, abrumarnos. Cuando adquirimos estabilidad emocional, reconocemos en qué situaciones necesitamos distancia, presión, etcétera. Logramos respetar nuestro propio sentir, y lo gestionamos de forma organizada y constructiva. Es una habilidad que no se reduce a la pareja, sino que abarca todos nuestros vínculos, incluidos los profesionales, porque es la que nos permite resolver conflictos y salir de situaciones complejas de forma exitosa, además de tomar decisiones con la mente despejada.

Claro que nadie mantiene su estabilidad emocional a todas horas, todo el día y durante todo el año. No te frustres si hay momentos en que pierdes el equilibrio: nos pasa a todos, de tanto en tanto.

¿Qué caracteriza, entonces, a una persona emocionalmente estable? Hay cuatro elementos que son condición *sine qua non* para alcanzar esta estabilidad. Yo los llamo *marcadores de estabilidad emocional*:

1. Amor propio
2. Apertura emocional
3. Comunicación
4. Confianza

Amor propio

Sí, el amor propio es un requerimiento necesario para mantener una relación sana. Sin él es muy fácil caer en la trampa de elegir relaciones solo para tapar vacíos emocionales y "amar" de manera posesiva. Esta fórmula tiende a terminar en luchas de poder y control, en las que toleramos abusos o humillaciones, y recibimos migajas de amor. Es decir, estamos dispuestos a aceptar cualquier trato, y todo por miedo a la pérdida. Recuerda que **el amor propio es la conciencia de que somos valiosos y merecemos amor sano.**

Para estar bien con los demás, primero tenemos que estar bien con nosotros mismos.

Cientos de veces escuchamos esta frase o similares y, aunque suena muy bonita, pocas veces nos preguntamos qué quiere decir en realidad, por qué se hace esta afirmación tan contundente. Una analogía que utilizo bastante para explicar este concepto es la compra en el mercado. Si vamos a hacer la compra con hambre, no podremos pensar en otra cosa que en el dolor de estómago, y no nos importará la calidad de la comida, sino solo saciarnos y detener la molestia (el vacío de comida). De la misma manera, si tenemos necesidades emocionales no satisfechas **por nosotros mismos**, nos aferraremos a la primera persona que nos dé el más mínimo de los afectos, simplemente porque nada nos importará más que saciar esa necesidad emocional, tapar ese vacío.

Cuando no sentimos amor por nosotros mismos saboteamos todo aquello que existe en un mundo sano, incluyendo nuestras relaciones. Creemos frases como "No merezco tanto amor", "No merezco el buen trato", "Mi pareja es mucho más atractiva que yo, no la merezco". Estas creencias negativas sobre nosotros mismos nos hacen sentir menos valiosos y menos dignos de amor.

Si no me quiero a mí mismo,
no me sentiré merecedor del vínculo que deseo
y/o necesito, y acabaré por conformarme
con mucho menos.

Lo primero que pasa cuando no nos queremos es que nos volvemos **conformistas.** Es decir, nos conformamos con pequeños actos de cariño (migajas de amor), que son menos de lo que deseamos y necesitamos, que son esporádicos, y que no nos hacen sentir en verdad amados. Corremos el peligro de entrar en un círculo vicioso en el cual creemos que no somos merecedores de amor, recibimos menos amor del que queremos, y se afianza nuestra creencia inicial. Cada vez exigimos menos y nos abrazamos a cada mínima migaja de amor que **el otro** decide que merecemos. Así, nuestra autoestima baja en una espiral hasta convertirse en la nada misma.

Piénsalo. De alguna forma le damos poder al otro sobre nuestro valor, nuestro calibre humano. Los miedos y las inseguridades crecen, y comenzamos a depender de esas migajas para sentirnos aunque sea un poco valiosos, y esos segundos de cariño son el momento más brillante de la semana. Es así como nacen las **relaciones codependientes**, que trataremos más adelante.

Además, puede que por falta de amor propio toleremos malos tratos y relaciones agresivas porque "me lo merezco". Aceptamos la realidad de una relación tóxica como "lo que me toca".

Aunque es difícil salir de estas relaciones insatisfechas (pues nos convencemos en profundidad de que es el trato que nos corresponde), en toda situación, por más compleja y dura que sea, hay una luz al final del túnel.

RONDA DE EJERCICIOS

A lo largo de este libro te propondré ejercicios para ayudarte a superar cada obstáculo del que hablemos. Puedes hacer uno o todos los ejercicios, o puedes no hacer ninguno si no lo necesitas, pero te recomiendo al menos intentarlo. Muchas veces creemos que tenemos cosas resueltas que en realidad estamos eligiendo no ver.

Abrimos la sección con un par de actividades para alimentar nuestro amor propio:

» Ejercicio del espejo

Párate frente al espejo y respira profundo varias veces. Busca mantenerte la mirada durante cinco minutos. ¿Qué sientes al verte? ¿Qué ves en el espejo? Busca tres cosas que te gusten de lo que ves (no es necesario que sea un atributo físico).

Realiza este ejercicio todos los días y procura cada día nombrar tres cosas diferentes. Si no lo logras, puedes repetir las anteriores.

» Ejercicio de gratitud-*journaling*

Todos necesitamos un cuaderno personal. Ver nuestras emociones y nuestras experiencias en el papel nos da mucha perspectiva, así que te pido aquí que tengas un cuaderno personal. En él, todos los días, escribe tres cosas por las que sientas gratitud.

» Ejercicio de afirmaciones de resiliencia

En ese mismo cuaderno haz una lista de al menos diez afirmaciones negativas que te digas a diario (diez parecen muchas, pero te aseguro que nos decimos muchas más sin darnos cuenta). Léelas con atención y transfórmalas en una afirmación positiva. Por ejemplo, si todos los días te dices "Soy antisocial, no tengo habilidades sociales", cámbialo a "Soy selectiva con la gente que participa en mi vida y solo me rodeo de gente de calidad".

Cuando aparezca la afirmación negativa automática, detente y repite la nueva versión positiva.

» Rueda de emociones

Las emociones nunca vienen solas y saber qué sentimos realmente es fundamental. Para eso, debemos comenzar por identificar cada emoción y profundizar en ella, pues detrás siempre hay otras. Por ejemplo, la sensación de felicidad puede hacernos sentir poderosos; lo que, a su vez, nos haga sentir valientes. Por el contrario, si profundizamos en ciertos miedos, veremos que lo que hay detrás es miedo al rechazo y, en el fondo, la sensación de sentirnos inadecuados.

Para identificarlas, te sugiero que busques en Internet la Rueda de Emociones, una herramienta creada por la educadora y terapista estadounidense Lindsay Braman, que nos permite conocer las distintas emociones conectadas a nuestras principales emociones (felicidad, sorpresa, miedo o disgusto). Comenzamos por identificar nuestra emoción en la rueda más pequeña, en medio. Luego, en la siguiente rueda, profundizamos un poco más y repetimos el proceso en la última rueda.

Una vez que aprendas a usarla, te propongo que crees un diario de emociones, reflexiones, metas y pensamientos. El objetivo es que conectes con tu sentir personal y aprendas qué se dispara en ti cuando te invade una u otra emoción. No es necesario escribir demasiado. Basta con "Hoy me sentí *feliz* por x razón". Hay que procurar ser descriptivo, pues en la medida en que más nos conocemos, más rápido estaremos conscientes de nuestro proceso.

Con este ejercicio, trabajamos la inteligencia emocional y vamos adquiriendo una pata de una habilidad muy importante: la comunicación asertiva, que veremos más adelante. Esto se debe a que nos permite comprendernos mejor a nosotros mismos —y con eso podemos expresar qué nos pasa— y también entender el sentir ajeno, porque para comprender al otro, primero tengo que poder entender las emociones en carne propia.

Apertura emocional

Estar abierto emocionalmente es comprender las emociones y conectar con ellas de manera consciente. Así, nos permitimos ser auténticos tanto con nuestras emociones como con nuestros pensamientos. Gracias a ello podemos sentir confianza y seguridad en nosotros mismos para expresar de forma honesta necesidades y deseos; es decir, lo que está en nuestro corazón.

Es de vital importancia tener apertura emocional para construir vínculos sanos y satisfechos, ya que ayuda a tender puentes de entendimiento con los demás —sean parejas o cualquier otro tipo de relación—. Es con esta capacidad que podemos conocer al otro y fortalecer el vínculo a largo plazo.

La consecuencia del cierre emocional es sabotear las oportunidades de vínculos más íntimos, de consolidar relaciones. Levantamos barreras que nacen de nuestros miedos, traumas del pasado, heridas, mandatos e información equivocada, entre otros, y nos prohibimos una conexión íntima. Un síntoma muy común es la postura defensiva, en donde nos tomamos todo sentimiento ajeno como una ofensa personal, en lugar de respetarlo y entenderlo.

La experiencia humana no es lineal. Tenemos subidas y bajadas de forma constante, pero debemos *buscar* la apertura emocional, recibir información que nos enriquezca y vivir nuevas experiencias para crecer y poder avanzar hacia nuestros objetivos.

RONDA DE EJERCICIOS

Abrirse emocionalmente es un objetivo en principio intimidante, porque estar cerrado es también estar seguro en la zona de confort. Como expliqué, es necesario salir *poco a poco*, así que te propongo dos ejercicios concretos que puedes comenzar a aplicar ya mismo.

Primero, **regala sonrisas**. Cada vez que interactúes con alguien —sea un cajero en el supermercado, un mesero, el vendedor de un local, quien sea— sonríele. Busca esa mínima conexión humana en una sonrisa.

El segundo ejercicio es un poco más difícil, pero no imposible. El primer mes debes entablar una conversación —puede ser del clima, no importa el contenido ni la duración— con una persona desconocida a la semana. El segundo mes, con dos personas por semana. Y, al tercero, con diez en el mes. Es una forma de aceitar nuestros engranajes sociales y de comunicación.

Comunicación

—¡Andrés, los hombres no escuchan!

—¡Andrés, las mujeres me tienen harto con tanta indirecta!

—¡Andrés, mi novio nunca entiende lo que le digo!

—¡Andrés, mi mujer se piensa que tengo una bola de cristal y puedo adivinar lo que le pasa!

Miles de asesorías, ¡mismos conflictos! Porque la mayor parte de la sociedad no tiene habilidades comunicacionales. Y las relaciones, cuando las personas no se entienden entre sí, fracasan. **La comunicación exitosa es un pilar clave de las relaciones sanas.**

Por "exitosa" me refiero a asertiva, empática y desde el amor. Es importantísimo saber transmitir nuestros sentimientos, necesidades, deseos y objetivos de forma asertiva. Igual de importante es saber hacerlo **sin caer en el uso del castigo, el miedo, la culpa, la vergüenza, la acusación o la amenaza.** Nuestras necesidades no se satisfacen desde la frustración ni el dolor del otro. Sobre todo, cuando se trata de un intercambio conflictivo o de un reclamo, suele perderse la calma y terminamos cayendo en el enojo. O aún peor: castigamos con silencio y distancia.

Nadie puede leer la mente del otro, así que es muy importante **expresar** nuestras necesidades emocionales y los límites que no son negociables. Así, nuestra pareja sabrá no solo qué nos molesta y entristece, sino también qué nos hace felices. Por este motivo las habilidades comunicacionales son fundamentales a la hora de construir una pareja saludable. Esta habilidad abarca no solo comprender que los demás no pueden adivinar lo que sentimos, sino también expresarnos de forma exitosa con la conciencia de que es probable que no vayan a entendernos a la primera, aun con la mejor de las predisposiciones. También implica aprender a reconocer cuándo insistir y cuándo dar espacio. Debemos comunicarnos teniendo por objetivo **la solución,** y no el problema.

Hablaremos un poco más en profundidad de la comunicación en el capítulo 6.

RONDA DE EJERCICIOS

» Ejercicio de control de emociones

Te propongo un ejercicio muy sencillo, pero intenso. Cuando tengas un conflicto que resolver (puede ser con tu pareja, o con quien sea) y sientas el impulso de interrumpir al otro, toma tres respiraciones conscientes y deja al otro terminar. Por supuesto, no más de cinco minutos. La idea no es que haya monólogos.

» Ejercicio de expresión de interés

Otro ejercicio simple y efectivo es el *chequeo*. Una vez a la semana (o si es alguien con quien tienes mucho contacto, una vez al día —la frecuencia varía según el vínculo—), escríbele un mensaje al otro preguntándole cómo está. Si ha habido un evento importante en su vida durante tu última conversación con esta persona, pregunta por él.

» Ejercicio de escucha empática

Si el otro te está contando algo que le pesa o lo angustia, abstente de darle soluciones, incentivarlo a que se sienta mejor o minimizar su problema. Valida su emoción con respuestas como "Comprendo lo que sientes" y muestra tu interés haciendo preguntas. No importa si crees que el otro está equivocado. A menos que te pregunte qué hacer, limítate a **escuchar**.

Confianza

Es difícil hablar de la confianza como una sola, porque hay muchos tipos. La primera y madre de todas las demás es la **autoconfianza**, porque si no confiamos en nosotros mismos, ¿cómo podremos confiar en los demás? Es tal como suena: creer que tenemos la capacidad de alcanzar nuestros objetivos y que las cosas saldrán como las planeamos. O inclusive, confiar en que si las cosas no salen como lo planeado, vamos a estar bien. Cuando no confiamos en nosotros mismos se genera un efecto dominó: nos es difícil confiar en los demás, y por ello nos volvemos vulnerables a caer en relaciones tóxicas y desequilibradas.

Ahora bien: la confianza en los demás es sinónimo de creer que no nos defraudarán, que no harán nada con intención de herirnos o engañarnos. Es muy importante en cualquier tipo de relación, ya sea amorosa, amistosa o laboral. Para que el vínculo se construya de forma sana debemos comenzar creyendo que el otro actúa de buena fe y quiere lo mejor para nosotros.

Es cierto que podemos sufrir decepciones, y que los otros pueden dañarnos de forma intencional o no. Pero no confiar en el otro nos priva de tener relaciones más cercanas y sinceras, y de sentirnos en ellas más seguros y protegidos. De otra forma, siempre estaremos en guardia y sospechando de las intenciones de los demás.

Tanto la autoconfianza como la confianza en los demás son necesarias para establecer vínculos saludables y nos ayudan a crecer como personas, pero ¡CUIDADO! Eso no quiere decir que haya que tener **confianza ciega**, que existe solo por nuestra emoción y nuestras ganas de confiar, sino que tenemos que construir una **confianza inteligente**. Claro que hay emoción y esperanza involucradas, pero también hay **racionalidad, amor propio y autoconfianza**.

En síntesis: confiamos en nosotros mismos y en nuestro criterio para poder confiar en los demás.

Pero hay otro tipo de confianza, necesaria para tener una relación sana: la **confianza en el vínculo**. Debemos creer que esa relación tiene futuro. Si entramos convencidos de que tiene fecha de caducidad, o de que el otro nos lastimará, no hay un futuro feliz que sea posible. Además, la confianza es un medidor del estado de la relación y de la calidad del vínculo. Cuando no hay confianza (en uno mismo, en los demás y/o en el vínculo), el vínculo está, por decirlo de alguna manera, enfermo. Hablaremos más de esto en otro capítulo.

RONDA DE EJERCICIOS

» Autocumplido-*Journaling*

¿Recuerdas que te dije que todos necesitamos un cuaderno personal? Bien... INSISTO. Para este ejercicio, toma tu cuaderno y todos los días felicítate por un logro que hayas conseguido. Si fueras una persona que te adora, ¿qué festejarías de lo que has hecho en el día?

» ¡Sonríe!

Esto parece sencillo, pero verás cuántas oportunidades desaprovechas al día para sentirte cómodo en tu propio cuerpo. Sonríe a todas las personas con las que interactúes. Cambiará la forma en la que te sientes y el mundo que te rodea.

» Ejercicio de espacio

En los vínculos, cuando tenemos baja autoconfianza, solemos "hacer de más" para que el otro confíe en nosotros. El problema de sobre explicar y dar pruebas es que no le damos espacio al otro para confiar. Este ejercicio es uno de abstención. No expliques si no te han pedido explicación, no envíes fotos de dónde estás, ni tu ubicación. Dale al otro el espacio para que confíe en ti.

Tu peor enemigo eres tú

Como dijimos antes, este camino de la confianza no es sencillo. Está plagado de antagonistas que nos impiden avanzar hacia nuestros objetivos, y a los cuales debemos enfrentarnos. Son las cuatro resistencias: la voz en tu cabeza, los pensamientos limitantes, el etiquetado negativo y, por último, las disonancias cognitivas y los pensamientos distorsionados.

No vemos el mundo como es,
sino como somos.

La voz en tu cabeza

Se trata de un mecanismo de supervivencia que expresa emociones, entiende el mundo y filtra aquello que percibe como una amenaza. Se relaciona con la amígdala, la parte prehistórica de nuestro cerebro que busca hacernos sobrevivir a toda costa. Como este trocito de nuestra materia gris no se ha adaptado del todo a la modernidad, suele ver amenazas en donde no las hay. No todo lo que dice es negativo, pero aun cuando fuera positivo, es importante escucharla con objetividad.

La voz en nuestra cabeza
no somos nosotros.

Me gusta usar la analogía del compañero de cuarto. Así debe ser la identidad de esta voz. Vive con nosotros, en nuestra cabeza, y nos hace observaciones y aconseja de forma permanente. Nos habla desde nuestras experiencias, nuestros traumas, miedos, inseguridades y creencias. Pero esta voz en nuestra mente, puede o no estar en lo correcto, y hay que aprender a discernirlo.

Lo primero que debemos entender es que **podemos enfrentarla** cuando dice algo en un intento por derrotarnos. Lo hace sin malicia, para preservarnos y darnos una falsa sensación de seguridad, pero esta se construye en *nuestra* visión del mundo, no en la realidad.

Siempre podemos abrir un diálogo y desafiar sus ideas. Esta voz es la que trae a flote las demás resistencias que veremos a continuación. El verdadero crecimiento personal, de inteligencia emocional y empoderamiento, es **aprender a reconocer** esa voz. De esto se trata el *mindfulness* de la que seguro has escuchado hablar: la toma de conciencia cuando aparece esa voz y la habilidad de separarnos en vez de actuar bajo su comando, de modo impulsivo.

RONDA DE EJERCICIOS

Hay dos buenos ejercicios para aplicar aquí. El primero, usar la lógica para bajar a tierra cuando nos enfrentamos a los escenarios imaginarios que crean nuestra percepción. Esto lo logramos a través de una pregunta: ¿qué es real y qué imaginario? Así podemos desarmar este imaginario.

El segundo ejercicio es simple: decir "Basta". Tal como se lee, cuando la voz comienza a ametrallarnos, debemos repetir la palabra "Basta" hasta que logremos distanciarnos de la voz. Es un comando **en respuesta** a la voz.

Pensamientos limitantes

Este tipo de resistencia se manifiesta de muchas formas, pero aquí hablaremos de las cinco más importantes. Una es a través de **preguntas derrotistas**, que aparecen cuando nos encontramos frente a un desafío o en una situación en la cual no estamos ciento por ciento seguros de que las cosas saldrán como esperamos. En estas preguntas hay una afirmación implícita. Por ejemplo: "¿Por qué no valgo lo suficiente?" lleva implícita la afirmación "No valgo lo suficiente". "¿Por qué no tengo mejores amigos?", a que mis amigos son malos o de bajo valor. "¿En qué me equivoqué?", a que me he equivocado. En resumidas cuentas, se trata de ver el vaso medio vacío y responsabilizarnos de que falte la mitad, culparnos por la situación. El cerebro contesta la pregunta que le hacemos. Si en ella damos por sentado algo negativo, nuestra mente lo dará por certero, aunque esté implícito.

La siguiente resistencia es quizás de la que somos más conscientes: **las excusas**, que no son más que los miles de ideas y miedos que el cerebro tiene para detenernos cuando intentamos accionar. De nuevo, son mecanismos de supervivencia, y son nuestras experiencias y creencias las que constituyen su arsenal.

Otras veces son **miedos ajenos que volvemos propios**. Sucede mucho de padres a hijos, pero puede ocurrir con otros tipos de vínculos, sobre todo en la infancia y en la adolescencia. Tal como el título indica, se trata de volver propio el sistema de creencias y los miedos de otros. Nuestra tarea es racionalizar que, cuando nos dicen que no podemos lograr algo, lo que nos están diciendo es que ellos no pueden hacerlo y, por lo tanto, no desean que lo consigamos nosotros. Debemos preguntarnos de quién viene ese juicio, si esa persona tiene los resultados que buscamos. Si el otro no está capacitado para dar consejos, no tenemos por qué adoptarlos, porque **no nos sirven.**

La cuarta resistencia también la habrás visto, quizás en alguien más, y es el **pronóstico negativo.** Es decir, asumir el peor escenario posible, la peor opción, **sin fundamento.** El mayor problema de este pensamiento limitante es que nuestro cerebro hace todo cuanto está en su poder para confirmar nuestro pronóstico, pues tener razón nos da una falsa sensación de seguridad. Esto se debe a nuestro instinto de supervivencia: si somos buenos para pronosticar el futuro y las posibles amenazas, tenemos más posibilidades de sobrevivir. Así acabamos en las **profecías autocumplidas.** Es decir, llegamos al resultado que esperábamos (el peor posible) porque nos autosaboteamos hasta que llegamos a él.

Muchas veces confundimos la última resistencia de esta lista como una característica, ¡pero no caigas en la trampa! Somos nosotros mismos poniendo palos en la rueda de nuestra vida. Se trata del **pensamiento emocional,** que nos lleva a actuar desde la emoción, sin mediar una instancia evaluativa entre esta y el comportamiento. Es importante escucharla **como consejera,** no a ciegas, como a una deidad, pues puede detenernos cuando nos estamos acercando al objetivo. Las emociones son guías, están ahí para indicarnos hacia dónde ir, pero no siempre están en lo correcto. Algunas experiencias que nos generan mucho placer son dañinas para nosotros (como fumar), y otras que nos generan disgusto son beneficiosas (como el primer día en el gimnasio). Por ejemplo, si ganamos más dinero que nuestros padres y hermanos, nos podemos permitir lujos que ellos no. Esto puede generar culpa; y la culpa, dolor. De manera inconsciente trataremos de dejar de sentir el dolor y comenzaremos a sabotear nuestra fuente de ingresos. Lo que en realidad estamos saboteando es nuestra independencia económica.

En el mundo del amor, si nos guiamos por el dolor a la hora de terminar una relación que ha cumplido su ciclo y nos hace daño, acabaremos quedándonos, aunque lo mejor sea soltar, para detener el dolor **de la separación**. Es decir, el dolor momentáneo. Las emociones no saben leer el contexto ni evaluar un escenario mayor.

Etiquetado negativo

Luego de asumir la responsabilidad del fracaso, la misma de la que hablamos en las preguntas derrotistas, solemos ponernos etiquetas. Adjetivos de nosotros mismos que asumimos y adoptamos, como una característica natural de la cual no nos podemos alejar, y que causa todos nuestros males. Por ejemplo: "Me pasa por tonto/feo/malo/insuficiente/mal amigo/de bajo valor". Inconscientemente, construimos una identidad sobre esas etiquetas que llevan todas al "No valgo nada". Como explicamos antes, el cerebro busca reafirmar esta creencia y prioriza confirmar el pronóstico.

La crítica a nosotros mismos **debe** ser constructiva. Lejos de etiquetarnos, debemos reconocer estos comportamientos y modificarlos en caso de que no nos gusten. De otra forma, acabamos en la **victimización**, con el discurso de que no podemos cambiar la etiqueta que llevamos porque creemos que es lo que *somos*. De que no tenemos control sobre ella.

Es necesario un proceso de autoconocimiento y autoconciencia; de reconocer en qué nos estamos convirtiendo para poder superarnos.

Las disonancias cognitivas y los pensamientos distorsionados

Son atajos que el cerebro toma para defenderse de una realidad o una situación que percibe como amenazante. Son pensamientos espontáneos que aparecen de golpe en la mente. Las disonancias cognitivas y los pensamientos distorsionados ocurren cuando lo que sucede no concuerda con lo que creemos, con nuestros pilares y valores. Por otro lado, los pensamientos distorsionados son eso: la lectura equivocada de la realidad.

Saber cuáles son nos ayuda a reconocer cuándo nosotros, u otra persona, estamos distorsionando la realidad, y también a tener una mejor comunicación, más enriquecedora y satisfactoria.

Puedes ver todas las distorsiones de pensamiento y disonancias cognitivas en un anexo que te dejo al final de este libro.

CASO DE ESTUDIO

Noel creció en una familia que, aunque amorosa, era demasiado sobreprotectora, crítica y exigente. Bastante conservadora. Entre las cosas que Noel no tenía permitido hacer, estaba expresar sus emociones y opiniones; tampoco tenía demasiada libertad para socializar.

Con los años llegó su graduación, y un puesto en Recursos Humanos. En su trabajo, a sus veintitantos, le daban tareas que ella no estaba segura de poder lograr. Ni siquiera se creía capaz de cumplir con las fechas de entrega y, cuando alcanzaba los objetivos, no se daba el crédito merecido. Esto no quiere decir que no se esforzara. Lo hacía, y mucho, aunque su compensación no lo reflejara —y de todas formas ella no sentía la confianza suficiente como para comunicar su disconformidad con la paga.

Como puede adivinarse, la insatisfacción era permanente, y sobre su cabeza, en sus pensamientos imaginarios, pendía un despido, porque... ¿quién podía querer a alguien así de inútil en su empresa? Sus jefes, sin embargo, la consideraban muy responsable y trabajadora, pero por más de que lo dijeran, Noel estaba segura de que lejos de sumar al equipo, restaba.

En el amor su suerte era similar: no se sentía suficiente para esos hombres buenos, divertidos y creativos que le gustaban, por lo que siempre acababa con parejas rotas, con problemas más grandes que los suyos. Noel salía de cada relación más convencida de que era el peor partido del género femenino disponible, y hacía todo lo posible por acomodarse a las necesidades del siguiente hombre que fuera tan caritativo como para mirarla. Así, muchas veces fue el plan B de sus parejas, y otras tantas fue también cajero automático personal, cuando tomaron ventaja económica de ella.

Solo con decisión y mucha firmeza, Noel pudo cambiar. Comenzó con su familia, quienes tuvieron que escuchar qué cosas no iba a tolerar de ellos —no sin sentir culpa. El proceso fue arduo y lento, e implicó entender que no era egoísta por cuidar su propia salud emocional, y enfrentar el miedo a no ser suficiente. De a poco los límites fueron siendo más fáciles de marcar y, cuando comenzó a valorarse a sí misma, en todos los ámbitos de su vida se vio rodeada de personas que la supieron valorar —económicamente en el trabajo, emocionalmente en el amor.

CAPÍTULO II

Amor propio en relaciones

Amo ser yo

Muchas personas salen de relaciones con poco amor propio, creyendo que merecen maltratos y desaires, porque pierden su identidad individual estando en pareja. Como su identidad se convierte en su rol dentro de la relación, cuando la pareja se disuelve, no les queda nada. Por eso mismo, se aferran con uñas y dientes a que la relación siga a como dé lugar, inclusive si es una relación insatisfecha o abusiva.

Entonces, la regla número uno para una relación sana es: **no pierdas tu identidad individual.** Alimenta tus *hobbies*, persigue tus metas, busca tu crecimiento emocional, no dejes de frecuentar tus círculos sociales y cuida y disfruta los vínculos con tus seres queridos fuera de tu pareja. Si descuidamos nuestra identidad individual, somos propensos a caer en **relaciones codependientes**, porque comenzamos a necesitar que otro nos diga quiénes somos y le dé sentido a nuestra existencia. Este tipo de vínculo puede hallarse en todos los aspectos de la vida.

Por ejemplo, si no sabemos conducir y necesitamos que nuestra pareja nos lleve al trabajo (o a cualquier lugar, si viene al caso), tenemos una relación de codependencia física. O, en cambio, si todos nuestros hábitos de consumo y nuestro estilo de vida dependen de los ingresos de nuestra pareja, tenemos una relación de codependencia financiera. En todo tipo de codependencia, dependemos del otro para tener bienestar. En el caso de la codependencia emocional, sentimos que sin el otro no alcanzaremos nunca la felicidad ni podremos disfrutar o sentirnos alegres. Esa persona se convierte en el centro de nuestro universo, en el propósito de nuestra vida, y todo cuanto hacemos y somos gira en torno a ella.

Algunas señales populares de codependencia son frases como: "Tú me completas", "No puedo vivir sin ti" o "La vida sin ti no tiene sentido". En la ficción suena muy romántico, pero si en la vida real te dicen esto, ¡sal corriendo! Este amor es un **amor falso**, un amor obligado, porque no estamos con el otro porque lo queremos, sino porque lo *necesitamos* para darnos un valor.

Hay dos caras en esta moneda que es la necesidad de que otros nos digan nuestro calibre humano:

Por un lado, cuando una persona no nos quiere o nos maltrata, confirma que no merecemos más, porque valemos poco. Acabamos entonces por aferrarnos a personas que reafirman nuestra creencia y, por ende, nos dañan.

Por otro, entramos en un círculo vicioso de búsqueda desesperada de validación externa. Buscamos todo el tiempo que otros nos digan nuestro valor físico, emocional, intelectual, etcétera. De esta forma, perdemos la aprobación propia y, con ella, **la identidad individual**. Esto ocurre porque vamos cambiando pequeñas características para caer mejor, para satisfacer más al otro. En otras palabras: nos ajustamos a lo que los demás quieren de y para nosotros, aunque vaya en contra de nuestros deseos, por miedo al abandono, a no ser amados. Así nacen relaciones de amor inmaduro, tóxico y posesivo que defendemos con la bandera de *las almas gemelas, la media naranja, el amor de mi vida.* Son frases hechas y, ante todo, **falsas.** Para dar sentido a todo el dolor que nos causa el vínculo nos convencemos de que tenemos una conexión única, especial e inigualable con el otro, y así **limitamos nuestra capacidad de amar.**

Al definir nuestra identidad por el otro, le damos demasiado poder sobre nosotros y, tarde o temprano, esto se convierte en una relación tóxica. Y, aunque no nos haga bien —incluso cuando hay violencia—, nos aferramos a ella y normalizamos todo tipo de comportamiento casi sin cuestionarlo. Una señal de que estamos en esta instancia es no tener círculos sociales fuera de la pareja.

En resumidas cuentas, a las personas con poco amor propio les resulta atractiva la indiferencia y se obsesionan con el rechazo porque necesitan probarse a sí mismas, cueste lo que cueste, que son suficientes, lo cual implica validarse a partir de los demás. Digamos que lo sienten como una especie de reto, se convierten en una máquina de complacer los deseos y necesidades del otro, y se pierden a sí mismas.

La pérdida de identidad individual se ve de diferentes formas según la instancia de la pareja. A corto plazo, nos encontraremos evitando la incomodidad y el conflicto, **se sentirá bien,** obtendremos gratificación en cada migaja de amor y tendremos una falsa sensación de seguridad. A largo plazo, perderemos la noción de quiénes somos y viviremos en "piloto automático", tomando decisiones a razón de lo que los demás consideren mejor.

Claro que esto no es sostenible, hay mucha presión en el vínculo para soportar estrés, conflicto e inestabilidad. En algún momento llega una crisis de identidad y debemos detenernos, trabajar en nuestra autoestima y volver a cultivar nuestra personalidad, para saber qué queremos para nosotros mismos y tomar nuestras propias decisiones.

¿Qué quiero yo para *mí*?

Las personas en nuestro entorno íntimo, que en teoría son las que más nos aman, suelen tener muchas opiniones sobre nuestras decisiones, porque creen que saben qué nos conviene, más que nosotros mismos. Es muy frustrante y confuso, sobre todo cuando no sabemos qué queremos.

Es muy fácil perder el tiempo cumpliendo los deseos ajenos, porque confiamos en el criterio del otro, porque necesitamos una brújula, porque hace feliz al otro, o simplemente porque es más cómodo. Pero esto puede llevarnos a un destino que no es el que queremos, o lo que nos hace felices a nosotros. Por esto es importante tener claro nuestros deseos y objetivos, para poder tomar los comentarios y consejos de los demás como lo que son: opiniones y consejos, no mandatos a seguir.

Para que se entienda: imagina que tú quieres ir a la playa, pero no sabes cómo llegar, y el otro cree que es mejor para ti ir a un festival. Te da la ruta exacta, te dice cuándo debes parar para comer y en dónde hay hostales para dormir en el camino. Es mucho más fácil seguir el mapa ya trazado, pero nos lleva a un destino que no es a dónde queríamos llegar.

Siempre debemos asegurarnos de que, al decir que sí a los demás, **no estemos diciéndonos que no a nosotros mismos.**

No dejes que los demás te impongan sus sueños.
No intentes satisfacer continuamente
sus expectativas, o terminarás viviendo
una vida insatisfecha.

El tiempo que tenemos en este mundo es demasiado corto y valioso como para desperdiciarlo haciendo algo que no nos hace felices, por el simple hecho de que los demás así lo quieren, o porque siempre se ha hecho así. Debemos tener el coraje de seguir nuestros propios sueños, aunque esto signifique desafiar las expectativas y las normas establecidas por los demás. Esto no significa que debamos ser egoístas o desagradecidos, sino simplemente que debemos valorar nuestro tiempo.

Al final del día, somos nosotros los que tendremos que vivir con las consecuencias de nuestras decisiones, y es importante que estén en línea con nuestros valores y objetivos.

RONDA DE EJERCICIOS

Para definir tu identidad es importante hacerte las preguntas correctas. Para esto utilizarás el cuaderno destinado a tu crecimiento emocional, un espacio seguro y libre. Responde estas preguntas. Tómate el tiempo para pensar cada una, no te apresures:

  » ¿Quién soy hoy?
  » ¿Qué me diferencia de quien fui en el pasado?
  » ¿Por qué he cambiado?
  » ¿Cómo y en dónde me veo en cinco años?
  » ¿Cuál es el valor más importante para mí?

» ¿Quiénes son las personas que más me influencian?

» Esas influencias, ¿son buenas o malas?

» ¿Qué actividades me ocupan más tiempo?

» ¿Me satisface lo que hago?

» ¿Por qué he elegido mis actividades?

» ¿Qué me gustaría haber hecho, que no hice en el pasado?

Estas preguntas nos ayudan a aprender más sobre nosotros mismos, pero de nada servirán si no nos **abrimos al cambio**. Prueba nuevas actividades, busca *hobbies* nuevos, conoce a nuevas personas. Explora y atrévete a la aventura, conociéndote un poco más, para saber en verdad qué te hace feliz y quién eres.

Convicción para tomar decisiones

Para no perder nuestro eje, es necesario tomar decisiones de forma consciente. Muchas veces decidimos antes de pensar; es decir, sin importar el contexto ni la lógica. Tomamos una decisión, y después nos convencemos de que era la opción más razonable. Fabricamos los motivos y acomodamos la realidad alrededor lo suficiente como para creer en eso, en lugar de ver la situación de manera clara y objetiva. Para evitar esto, es importante tomarse el tiempo necesario para reflexionar, considerar todas las opciones disponibles y sus consecuencias, y recién entonces tomar una decisión, buscando lo más beneficioso a largo plazo.

Pongamos un ejemplo muy simplificado: una persona con problemas digestivos cede a la tentación de comer una hamburguesa completa. Disfrutará comerla, pero a largo plazo se sentirá mal toda la semana y deberá evitar otras comidas que quizás eran menos nocivas y podría haber disfrutado de la misma forma.

Hay diferentes mecanismos para tomar decisiones que se entrelazan entre sí:

» **Impulsividad:** aprovechar la primera opción y decidir rápido.

» **Cumplimiento:** elegir la opción más agradable, cómoda y popular en lo que respecta a la decisión. Esto incluye no quedar mal, o quedar bien; para que otro no se enoje; para mantener la paz o evitar el conflicto; para no sentirme culpable o egoísta; para no dar lástima o no sentirme insuficiente; para que otro no sufra; para no caerle mal a otros, o por miedo al *qué dirán*. Todo condicionado por creencias, dogmas y paradigmas familiares, religiosos y/o sociales.

» **Delegar:** no tomar la decisión por uno mismo, sino dejarla en manos de otros, que son de confianza o que consideramos autoridad en el tema.

» **Evitación/desviación:** ya sea evitando o ignorando decisiones, en un esfuerzo por evitar la responsabilidad, por su impacto o por evitar que nos abrumen.

» **Equilibrio:** evaluar los factores involucrados, estudiarlos, y luego usar la información para tomar la mejor decisión en el momento desde un criterio racional.

» **Priorizar y reflexionar:** poner la mayor energía, pensamiento y esfuerzo en aquellas decisiones que tendrán el mayor impacto.

Para tener una mayor convicción a la hora de tomar decisiones, debemos primero tener certeza de quiénes somos. Es decir: debemos ser auténticos y conocernos a nosotros mismos, a nuestras preferencias, valores, virtudes y defectos.

Siguiendo el ejemplo de la hamburguesa, si la persona sabe cómo funciona su cuerpo, y es consciente del tiempo que le tomará recuperarse después de comer algo que le caerá mal, no cederá a la tentación, y podrá asistir a sus eventos de la semana sin dolor ni incomodidad.

Otro gran enemigo de la convicción es la **comparación**: solemos comparar nuestros defectos con las virtudes ajenas desde nuestro punto de vista, que en general las idealiza. También comparamos nuestro primer capítulo con el décimo capítulo del otro, sin tener en cuenta los nueve capítulos que lo llevaron al lugar en el que está parado. Esto nunca es justo ni grato para nosotros. La única comparación que podemos hacer de forma justa es con nosotros mismos, en el pasado. La competencia es (debe ser) contra nosotros mismos, no contra los demás. Si miramos al pasado, que sea solo para aprender nuestras lecciones y agradecer por el proceso de crecimiento en el que estamos.

Al final del día, lo más importante es nuestro propio crecimiento y progreso, no qué tan adelante o atrás estamos de otros, no es una carrera.

Vampiros emocionales que nos arruinan

Los vampiros emocionales, tal como suena, se alimentan de nosotros. Más específicamente, de nuestra energía y optimismo. Estas personas suelen ser egocéntricas e inmaduras, y están dentro del espectro del narcisismo. Tienen todas las herramientas para crear malestar, porque no tienen en cuenta los sentimientos ajenos y carecen de habilidades afectivas. En general, salimos de estas relaciones con el amor propio por el suelo y con mucho sentimiento de inferioridad, porque tienden a maltratarnos con críticas destructivas, descalificación y cuestionamientos. La excusa es que quieren lo mejor para nosotros, y que es por nuestro bien. Tienen tan poca empatía que pueden incluso manipularnos para sacar provecho de nosotros. Los vemos muchas veces en una postura de víctima, pesimista, catastrofista y quejosa, pero con dificultad para pedir apoyo emocional. Pese a esto, suelen comunicarse con sarcasmo e ironía, sobrepasar límites, y ser lisa y llanamente crueles. No son conscientes del daño que generan. Su comportamiento se debe a traumas o conflictos de la infancia, y por lo general mantienen relaciones disfuncionales que reproducen los patrones que han experimentado de niños en sus vínculos.

¡Señales de que son vampiros emocionales!

   » No toman acción por sus objetivos de vida
   » Son personas que no hacen nada por mejorar
   » No cuidan su cuerpo
   » No asumen responsabilidades
   » Se justifican de forma permanente
   » Se quejan todo el tiempo
   » Son negativos con todos tus resultados, objetivos y/o logros
   » Tienen resultados de vida mediocres

Todas estas personas tienen sistemas de creencias equivocados. No intentes arreglarlos: evítalos. **Rodéate de las personas correctas.** La gente de la que nos rodeamos nos transmite sus sistemas de creencias, y nuestro sistema de creencias define nuestras emociones, y estas nuestras acciones y decisiones. Rodearnos de personas equivocadas nos trae resultados equivocados.

El problema de *luchar por amor*

Lamento venir a romper el castillo de nubes que muchos tienen, pero necesitamos romper este mito. Debido a las películas románticas con grandes gestos se romantiza la idea de "luchar por amor". Pero ¿qué es luchar por amor? Por culpa de este concepto, muchos se esfuerzan hasta desangrarse por una relación en la que el otro no hace nada más que recibir beneficios. Esto se llama **relación flechada** (uno hace y da todo; el otro recibe como barril sin fondo). No quiero decir que no exista una lucha sana por amor. Existe, pero necesita que los dos remen para el mismo lado y se esfuercen mutuamente.

Muchas veces caemos en la **ilusión de la acción** —el "más es mejor"—, pero en muchos casos esto no solo que no funciona, sino que es contraproducente. Sentimos la necesidad de hacer más porque algo no está funcionando bien. Es probable que nuestra pareja no esté valorando lo que ofrecemos, y por eso nuestro instinto quiere duplicar lo que aportamos. ¡Pero no lo hagas! Lejos de ser una solución, nos trae frustración y nos deja heridos, porque quien no valora lo que podemos dar, no va a valorar más cantidad de lo mismo. Lo mejor que podemos hacer parece contraintuitivo, pero hay que darle espacio al otro para que nos valore. El miedo a la pérdida es una fuerza muy motivadora y hace valorar lo que en muchos casos damos por sentado.

Luchar por amor es trabajar **en conjunto** con el otro para el bienestar del vínculo y de la relación. Es decir, estar comprometidos con hacer lo necesario para superar obstáculos y desafíos en pos de una relación más sana y fuerte. También implica estar dispuestos a ser vulnerables el uno con el otro. Hablaremos más de esto en el capítulo 6.

CASO DE ESTUDIO

La primera vez que Ramiro se acercó a María fue para entablar una amistad, pero fue por miedo. Él la adoraba en silencio, ella lo llamaba cuando necesitaba un favor, y él, por supuesto, corría en su ayuda. En una ocasión, ella pinchó un neumático del auto y él dejó su trabajo para asistirla.

Con el tiempo, Ramiro —seguro de que estaba avanzando— le confesó lo que sentía desde el fondo de su corazón, pero ella dejó muy en claro que no tenía interés. Lejos de desanimarlo, esto avivó en él todas las fantasías del cine y las historias de amor con las que había crecido. *Tenía que ganarse el amor de María*. Debía demostrarle que él era el hombre para ella.

La primera demostración ocurrió en San Valentín, y constó de un ramo enorme de rosas rojas, acompañado de una caja de chocolates. A María le generó rechazo, y reiteró que no estaba interesada. Ello lo sentía como un soborno para comprar su amor. Desde luego, pensó él, esa no era una muestra de afecto suficiente, así que redobló la apuesta. A la siguiente semana le envió una serenata, y ella ni siquiera se asomó al balcón. Pero Ramiro estaba seguro de que si seguía insistiendo la iba a acabar por conquistar, así que le escribía todos los días con regularidad y a María comenzó a gustarle la validación.

Lo había conseguido, habían comenzado a salir.

Al comienzo todo estaba bien pero, más temprano que tarde, María comenzó a sentirse abrumada y

presionada, y la relación llegó a su fin. Lo había blo-
queado. María simplemente tenía otras prioridades en
su vida y una relación no era una de ellas.

Ramiro no lo podía entender, había atendido a
todas las necesidades y deseos de María, había sido
detallista, había estado presente. Devastado, acudió a
terapia y pudo comprender que lo que buscaba no era
conquistar, sino probarse a sí mismo que era suficiente; también que tenía baja tolerancia a la frustración.
Entendió que por eso era muy insistente con las mujeres de su vida.

Salir de vínculos codependientes

Salir de relaciones codependientes no es un proceso placentero ni
fácil. Todo en nuestro cuerpo nos va a gritar que si perdemos esas
migajas de amor, perderemos todo nuestro valor como personas.
Pero confía en mis palabras: todo estará bien. Por más que pienses
que el mundo entero se va a caer, recuerda que todo va a estar bien.

Voy a explicar la solución en dos pasos, para que sea clara
y concisa.

Paso uno: soltar

Quedarnos junto a la persona que nos destrata o nos da menos
de lo que deseamos, valida su comportamiento. Aferrarnos a una
persona por necesidad de tapar vacíos, solo nos trae más dolor. Y
aunque nos quedemos por miedo —al abandono, a no encontrar a
nadie que nos ame, a la soledad, etcétera—, el otro solo sabe que
lo que nos ofrece es suficiente para que nos quedemos a su lado.

No digo que las personas cambian por nuestras actitudes y decisiones pero, si nos quedamos, no estamos motivando al otro a darnos más atención ni a tener mayor interés en el vínculo, sino todo lo contrario. Nadie es perfecto, y no siempre tendremos equilibrio emocional. Lo importante es trabajar para mejorar día a día.

Paso dos: trabajar en nosotros mismos

El cerebro humano se autovalora a través del esfuerzo. Socialmente nos han enseñado, a lo largo de la historia, que si nos esforzamos recibiremos una retribución de algún tipo. Debemos ser conscientes para que nuestro cerebro registre que estamos realizando un esfuerzo y que, por lo tanto, merecemos algo a cambio, esto ayuda a cultivar el amor propio.

Solteros o en pareja, no debemos dejar de trabajar en nosotros mismos. Es decir, debemos seguir cuidando nuestros vínculos individuales, *hobbies*, tener proyectos individuales y metas que no involucren al otro. Hay que evitar llegar a tal nivel de complacer a los demás que olvidemos qué nos apasiona. Esto, por supuesto, no quiere decir que debamos ser negligentes con la pareja, sino que hay que ocuparse paralela y en simultáneo de la pareja y de nosotros mismos.

En definitiva, tenemos que buscar la plenitud *con* o *sin* pareja, y que nuestra felicidad no dependa de otras personas. Solo así dejaremos de **necesitar** al otro, y aprenderemos a **quererlo** sin pretender que sea el amo y señor de nuestro bienestar. Esto es **amar desde la libertad**: elegir al otro aún sin necesitarlo y permitirle que nos elija también. Cuando nos relacionamos desde la necesidad, también le damos a nuestra pareja —sin quererlo— la enorme responsabilidad de hacernos felices.

Es una gran presión, y la razón por la cual muchos no se van aunque quieran irse.

En un amor libre no hay control ni posesión. No hay tampoco "caridad", sino que ambos se *complementan* y eligen desde la compatibilidad —tema que abordaremos más adelante—, no desde la necesidad.

CASO DE ESTUDIO

Todos tenemos el miedo humano a sentir soledad, y Rocío lo combatía saltando de relación en relación. A sus veintitrés años conoció a un hombre con el que pasaría cinco años en pareja. Como toda relación primeriza, el comienzo parecía de película, pero en la medida en que avanzaron, comenzó a haber engaños, maltratos, violencia, gritos y burlas.

Para los veintisiete, Rocío logró salir de este vínculo y, como era de esperar, saltó a una nueva relación. En su desesperación por no sentir el vacío, ignoró todas las banderas rojas —bombardeo de amor, promesas de amor eterno, proyectos prematuros—, y ambos se idealizaron y generaron expectativas altísimas. Tomó siete meses y una convivencia apresurada para que muriera el enamoramiento y comenzaran a salir a la luz los verdaderos colores de Rocío y su pareja.

No solo no era todo perfecto, sino que había mucho conflicto y confrontación a la hora de resolverlo. Este hombre era agresivo, tenía baja tolerancia a la frustración y quería todo de una forma muy específica.

La relación no iba a ningún lado, estaba estancada en el resentimiento y la insatisfacción.

Hizo falta abordar un camino de introspección y soledad para aprender a disfrutar, primero de la soltería y del tiempo consigo misma y, más adelante, encontrar a un hombre apto para construir un vínculo sano, sin apresurarse, con cautela, viviendo a pleno el camino. Fue un proceso desafiante pero con mucha gratificación luego del proceso.

CAPÍTULO III

Animarse a volver a amar

Hasta que la muerte nos separe: el mito del amor eterno, la media naranja, el alma gemela y el vivieron felices para siempre

Muchos toman a la vida como una carrera, y su único objetivo es alcanzar la meta lo antes posible, sin importar el costo o las consecuencias. Otros, en cambio, prefieren vivirla como una maratón, con un paso suave y tranquilo, para asegurarse de que lleguen a la meta de forma segura y sana. Sin embargo, la mejor opción no es ni una cosa ni la otra. La forma adecuada de ver la vida es **vivirla como una canción**. No queremos que la canción termine, sino que disfrutamos de ella en cada momento, saboreando cada estrofa, cada verso y cada nota. Tal vez disfrutemos más del puente o del estribillo, o quizás queramos pasar más rápido por el pre coro, pero de cualquier forma, disfrutamos de la canción en su totalidad. A veces, otros se acercan a bailar con nosotros, y en el mejor de los casos, bailarán al mismo ritmo, sintonizando con nuestros movimientos y nuestra música. Sin embargo, en otras ocasiones, encontraremos personas que no bailan al mismo ritmo, y buscarán un nuevo acompañante. Y eso está bien, porque nuestro objetivo no es llegar al final de la canción, sino bailarla, disfrutarla, y vivirla con plenitud. Y si ese acompañante se aleja, no es un fracaso, sino un proceso más en la vida, una oportunidad para encontrar un nuevo compañero de baile y continuar disfrutando de la música de la vida. En resumen, la vida es una canción, y nuestra meta es bailarla, disfrutarla y vivirla plenamente, en cada momento, en cada nota.

Infidelidad y otras traiciones: cómo superarlas

Cuando nos traicionan, la reacción inmediata suele ser preguntarnos qué hicimos mal, por qué nuestra pareja se vio compelida a engañarnos. Es algo que toca los miedos más humanos: no ser suficientes, la soledad, no ser merecedores de amor, el abandono. Pero no debemos castigarnos, **no es nuestra culpa.**

Lo primero que debemos entender es que, cuando conocemos a una persona, ella ya ha pasado sus años formativos, ya es una persona completa, con un sistema de valores y resolución de conflictos desarrollado. Es decir: en el momento en que llegamos a su vida, esta persona ya era infiel, o traicionera, a razón de su infancia, su adolescencia, experiencias y traumas. El problema es que, en la mayoría de los casos, ignoramos las banderas rojas y las tendencias a engaños desde un principio.

La persona que engaña no **nos** engaña, no es personal; simplemente engaña, y nosotros nos cruzamos en su camino. En muchos casos tampoco es algo premeditado, solo son impulsos que la persona por inmadurez emocional no sabe controlar. Hay que comprender que cada uno es protagonista de su propia vida, con sus virtudes y defectos. Lo que los demás piensan y sienten no depende de nosotros, por más influencia que podamos tener, pues su forma de ver la vida es **personal**.

Quien comete traiciones está escapando —de una relación insatisfecha, de una conversación que incomoda, etcétera—, y lo hace por vacíos internos que no podemos llenar. Que **nadie** puede llenar, o inclusive por autosabotajes.

No debemos esperar que nos pidan disculpas porque está fuera de nuestro control que la persona tome responsabilidad por sus actos. Cuando una persona inmadura nos engaña, no suele disculparse, pues está convencida de que no hizo nada malo como mecanismo de defensa. Aún peor es si quien ha traicionado tiende a la falta de empatía: al creer que no hizo nada malo, no entiende el sufrimiento que causa, y por ello nos culpará de todo. Dirá que es nuestra responsabilidad por haber descuidado el vínculo o a la persona en sí, por no satisfacerla. Pero **no te sientas culpable**. En un vínculo cada uno es responsable de mantener los acuerdos de pareja. Si se busca escapar, en lugar de buscar resolver un conflicto juntos, la culpa es de quien escapa.

Castigarnos no tiene sentido. Por el contrario, debemos agradecer que nos dimos cuenta y que podemos detenernos y alejarnos. **La vida continúa**. Es quien traiciona quien debe crecer para dejar de hacerlo y **puede, o no, querer dejar de engañar**. Escapa a nosotros, es algo que no podemos controlar. Pedirle una relación sana a una persona con valores tóxicos es esperar que alcance expectativas que no tiene la capacidad de cumplir. En otras palabras, es tener las expectativas correctas para la persona equivocada.

Lo único que podemos hacer tras haber sido traicionados es atesorar los lindos momentos y tomar aquello que podemos aprender de la relación, para no tropezar luego con la misma piedra. Evaluar si no logramos abrir un canal de comunicación honesto y libre, si creímos que el otro era diferente por idealización. Reconocer las banderas rojas que no pudimos ver antes (hablaremos de banderas rojas más adelante) y entender que la relación se terminó, sin caer en la melancolía.

¿Se puede evitar una infidelidad?

Técnicamente, la respuesta es NO. Pero sí hay cosas que podemos hacer para que la relación no sea terreno fértil para una infidelidad.

Antes que nada, es importante entender que una persona puede ser 100% compatible con nosotros, y de todas formas engañarnos por tener malos valores. Podemos hacer todo para que no nos traicionen, pero de todas formas puede suceder. Hay muchas razones diferentes para una infidelidad: un error, una desconexión emocional, un impulso sexual, despecho, etcétera. Todas escapan a nuestro control y esa es nuestra palabra clave: **control**. Debemos enfocarnos en lo que está en nuestro control, no en los valores del otro.

Pero esta sección trata sobre lo que podemos hacer para evitar, tanto como podamos, ser engañados por alguien más. Quizás la lista resulte obvia, pero muchas veces es necesario recordarse lo obvio.

1. Elegir a una persona con buenos valores en primera instancia. Es decir, una persona con cargo de conciencia al hacer algo malo, que sienta remordimientos también que no viva con un sistema de valores de bajo nivel (mienta, engañe, oculte, etc.).

2. Asegurarnos de que el otro respeta nuestros límites y que no toleraríamos que se nos falte el respeto de forma intencional y reiterada. Esto motiva a que la persona no engañe por miedo a la pérdida.

3. Construir una relación desde el amor, la felicidad y la conexión emocional: un vínculo sano, firme, con compromiso y pilares sólidos. De esta forma, la relación tendrá logros, proyectos y objetivos que serán difíciles de reemplazar o poner en juego. Es importante en este punto construir un canal de comunicación abierto desde la honestidad y la transparencia para que ambos en la relación puedan expresarse con libertad.

4. Satisfacer las necesidades emocionales y sexuales del otro. Hacer las cosas *bien* sin poner en peligro nuestros valores y necesidades. Hay que tener en cuenta que las necesidades emocionales y sexuales deben ser importantes y satisfechas mutuamente.

TEST:
¿QUEDARSE O IRSE DE UNA RELACIÓN INSATISFECHA?

A veces nos encontramos en una situación en la que nos sentimos infelices dentro de nuestra relación, pero no sabemos con exactitud qué hacer al respecto. Por un lado, una parte de nosotros nos grita que nos alejemos de esa relación, mientras que, por otro lado, otra parte de nosotros nos anima a seguir adelante y seguir intentando. Ambos lados tienen una razón y buscan proveernos de seguridad, pero a veces puede ser difícil determinar a cuál debemos escuchar. Por eso es importante preguntarnos a nosotros mismos ciertas preguntas para obtener una mejor comprensión de nuestra situación.

Algunas preguntas que podemos hacernos: ¿Cómo era nuestra relación al principio, y cómo se ha desarrollado desde entonces? ¿Nos sentimos comprendidos y apreciados por la otra persona? ¿Nos sentimos seguros y respetados en esta relación? ¿Compartimos los mismos valores y metas a largo plazo? ¿Está la relación contribuyendo de manera positiva a nuestra vida, o es una fuente constante de estrés y ansiedad?

Contestando a estas preguntas podremos tener una mejor idea de cómo se encuentra nuestra relación, y si en verdad estamos dispuestos a seguir luchando por ella, o si es mejor seguir nuestra intuición y alejarnos. Es importante recordar que cada relación es única, y que lo que funciona para una persona puede no funcionar para la otra. Lo más importante es tomar una decisión que sea lo mejor para nosotros mismos.

Dividiremos las preguntas por frente a evaluar:

Valor

1. ¿Esta persona aporta valor a mi vida?
2. Si pongo en una balanza lo positivo y lo negativo de mi pareja, ¿qué tiene más peso?
3. ¿Aporto yo valor a su vida?
4. Si pienso en la ausencia de mi pareja, ¿mi vida mejora o empeora?
5. ¿He cambiado por mi pareja? ¿Me gusta ese cambio?
6. ¿He dejado de hacer cosas que me hacen feliz por mi pareja?

Futuro

1. Si imagino mi vida dentro de cinco años con esta persona, ¿me veo feliz? ¿Me agradece ese yo del futuro por haberme quedado?
2. Si conociera a mi pareja hoy, ¿la elegiría para un proyecto de vida juntos?
3. Si pienso en mi pareja dentro de diez años, ¿me gusta esa persona?

Estancamiento

1. ¿Me quedo por amor o porque he invertido mucho tiempo y esfuerzo?
2. ¿Me quedo por complacer a otros?
3. ¿Me quedo por miedo?
4. ¿La relación cumplió su ciclo?
5. ¿Me quedo por costumbre?
6. ¿Tenemos proyectos juntos?

Vínculo sano

1. ¿Deseo seguir haciendo planes con mi pareja, como al comienzo?
2. ¿Qué sentimiento me genera pensar en el vínculo o en mi pareja?
3. Desde que estamos juntos, ¿he crecido o me he estancado?
4. ¿Tenemos comunicación abierta, honesta y fluida?
5. ¿Confiamos el uno en el otro?

6. ¿Podemos resolver conflictos sin peleas irracionales?
7. ¿Me resulta fácil expresar sentimientos?

Si los aspectos negativos superan a los positivos, si en el futuro nos vemos insatisfechos, lo mejor es alejarnos. El estancamiento en una pareja no siempre surge por defectos de uno u otro, sino simplemente porque el vínculo cumplió su ciclo. Es muy común quedarnos en una relación por el sesgo cognitivo del "valor del costo hundido". Es decir, porque no queremos perder todo lo que hemos invertido (tiempo, dinero, emoción), aunque nos quite la paz. La pregunta más importante que debes hacerte es: *¿Qué quiero?* Si la respuesta es *tranquilidad y una pareja sana*, y estás en una relación que te quita la paz, es importante soltar, pues solo te aleja de tu objetivo.

RONDA DE EJERCICIOS

Las listas son un gran ejercicio. Nos ayudan a plasmar emociones e ideas que de otra forma no lograríamos evaluar a conciencia, porque nos invade la emoción. Te propongo algunas:

1. Aspectos positivos vs. Aspectos negativos de mi relación (tomando en cuenta el valor o peso de cada ítem).

2. *Lo que quiero* vs. *Lo que no quiero* en una relación.
3. Negociables vs. No negociables. ¿Qué cosas no permitiré ni aceptaré, y en qué cosas puedo ceder?
4. Proyectos de pareja que deseo.
5. Cosas que solo mi pareja me puede brindar.

¿Por qué nos aferramos y nos mantenemos en un vínculo tóxico?

Mantenerse en un vínculo tóxico o no saludable puede parecer cómodo en un principio, ya que nos permite evadir la toma de decisiones y la acción. Sin embargo, a largo plazo esto termina siendo muy dañino para nuestra autoestima y nuestra salud emocional, en general. Es importante recordar que una relación tóxica no es algo que debamos soportar, sino que es necesario tomar medidas para poner fin.

Cuando estamos en una relación tóxica es fácil caer en la trampa de creer que no merecemos algo mejor o que no podemos encontrar a alguien mejor. Sin embargo, esto no es cierto. Todos merecemos una relación en la que nos sintamos amados, valorados y respetados. Es importante estar atentos a los signos de una relación tóxica, como la falta de respeto, la manipulación, el control, la falta de apoyo, la falta de confianza, la falta de comunicación, la falta de apoyo emocional y cualquier otra conducta que perjudique nuestra salud emocional o física.

Cuando comienza una relación todo es color de rosa. El otro trae color a nuestra vida, puede haber bombardeo de amor y atención, sentido de pertenencia, puede cubrirse un vacío emocional. La persona pasa a ser una pequeña zona de confort. Sí es cierto que algunas necesidades se cubren allí, pero las personas tóxicas —por inmadurez emocional o manipulación— crean falsas expectativas, y ahí nos anclamos en el principio de la relación. Esto se llama **perseverancia de creencias**.

Con el tiempo, al sentirnos más cómodos en la relación, vamos mostrando nuestra verdadera personalidad, con nuestros aspectos positivos y negativos. Y si la persona con quién estoy construyendo un vínculo es manipuladora, cuando deja de fingir y comienzan los comportamientos tóxicos, por ese anclaje llamado perseverancia de las creencias, justificamos, negamos, lo tomamos como un reto, lo queremos arreglar. Inclusive podemos llegar a no entender el porqué de un cambio tan radical: "¿cómo una persona puede ser tan linda al principio y luego tan cruel o tan fría?". Si has dicho alguna de estas cosas, has estado en una relación tóxica y hasta quizás, sin saberlo. Formas de justificar malos comportamientos:

» *Es que tuvo una mala infancia.*
» *Lo que pasa es que está teniendo una mala semana.*
» *Todos tenemos un mal día.*
» *No es tan malo como parece.*
» *No es para tanto.*
» *Tal vez estoy siendo muy exigente.*

Todo esto, porque nos negamos a aceptar la realidad: que el otro **nos lastima**.

Inclusive, nos aferramos al **pensamiento ilusorio**, en el que nos quedamos porque <u>creemos que va a cambiar</u>, aunque en el fondo sabemos que no sucederá.

Una vez reconocidos estos signos, es importante tomar medidas para salir de esa relación tóxica, ya sea hablando con un terapeuta o con un consejero, rodeándose de personas positivas, obteniendo apoyo o tomando medidas legales si la situación es muy grave. Es importante recordar que salir de una relación tóxica puede ser difícil y requiere tiempo. Pero, al final, es esencial para nuestra salud emocional y bienestar general.

Es cierto que es difícil pasar de página en una relación, en especial cuando ha habido sentimientos profundos involucrados. Es común que uno de los dos integrantes de la pareja se aferre y no quiera soltar del todo, manteniendo contacto de alguna forma, ya sea todo el tiempo, de manera intermitente o esporádica (la frecuencia no importa). El problema radica en que nos cuesta soltar, ya que ello implica enterrar las expectativas que teníamos sobre la otra persona y sobre nuestra relación. Significa, también, aceptar que la ilusión de esa pareja y esa vida juntos ya no serán una realidad.

Entender que nuestras expectativas no se han cumplido es un proceso difícil y doloroso. Muchas veces estas expectativas son conscientes, pero también pueden no serlo, y puede ser difícil discernir entre lo que queremos en realidad y lo que simplemente esperábamos que sucediera. A menudo, el proceso de soltar es gradual y puede requerir tiempo y apoyo para poder superar la situación.

Es importante recordar que no siempre es necesario cortar los lazos por completo, pero sí es importante establecer límites claros y respetarlos para poder avanzar y sanar. A veces esto puede implicar tiempo y distancia, o tal vez incluso una terapia o consejería para poder procesar los sentimientos y las emociones involucradas. Lo más importante es tomar decisiones que sean de verdad lo mejor, y ser amables con nosotros mismos mientras atravesamos el proceso de soltar y avanzar.

Nada justifica que alguien te trate mal y te desvalorice.

No es raro sentirnos responsables cuando otra persona no asume la responsabilidad de la dinámica tóxica o insatisfactoria de una relación. En consecuencia, nos sentimos insatisfechos y desvalorizados. Sin embargo, es importante recordar que la auto culpa no nos ayudará en absoluto y, a largo plazo, afectará nuestra autoestima y autoimagen (la auto percepción de nosotros mismos y como consecuencia lo que "merecemos"). Es común que comencemos a buscar validación de los demás para probar que somos suficientes, cuando en realidad, la culpa no tiene lugar en esta situación. Es una cuestión de responsabilidades.

Lo más importante es entender que la tendencia de la otra persona a generar relaciones tóxicas o insatisfactorias no comienza con nosotros, sino que existe desde antes. Es importante comprender que esa persona tiene un patrón de comportamiento que no es saludable, y que no podemos cambiarlo. El único cambio que podemos hacer es en nosotros mismos. Tomar la decisión de salir de esa relación tóxica y buscar ayuda para sanar y avanzar. Es fundamental entender que nosotros no somos responsables por la otra persona y su rol en la relación y que no podemos cambiar a la otra persona cuando es violenta, agresiva, irrespetuosa, infiel y demás. Lo único que nos queda es respetarnos y cerrar el ciclo para seguir adelante.

No se puede hacer vino de mala uva.

En otras palabras, no se puede tener una relación **sana** con una persona **tóxica**.

Pero hay muchas otras razones —todas comunes— por las cuales nos quedamos ahí, anclados en una relación insana. Una de ellas es que reaccionamos a los **anzuelos**, manipulaciones emocionales que buscan hacernos reaccionar emocionalmente. Por ejemplo, subir fotos contigo a las redes, bloquearte y desbloquearte, enviar mensajes diciendo que quiere hablar contigo, que te extraña, hacerte llegar regalos, se aparece en tu trabajo, etcétera.

Para que sea un anzuelo, no es importante qué emoción despierte, mientras genere una reacción emocional. Muchas veces queremos negociar. El problema es que es cómo negociar con un león en su propia jaula, y tarde o temprano nos va a morder. Algo que puede empezar como una conversación nos hace involucrarnos emocionalmente y así el ciclo vuelve a comenzar. Para cerrar el ciclo de una vez por todas es importante NO negociar, NO aclarar, NO justificar, NO explicar. Todo lo que nos hace involucrarnos emocionalmente nos deja estancados en ese eterno ciclo de esperanza y luego desilusión.

No negocies cuando hay un anzuelo emocional.

En muchos casos al otro le conviene "tenernos ahí", porque le gusta la atención que le damos, la validación de saber que somos su plan B o para utilizarnos —por nuestros recursos o intimidad—. Es el **peor tipo de persona**, porque se para en la puerta de nuestra vida. Es decir: no entra, pero tampoco se mueve para darle paso a alguien más. **No nos deja continuar con nuestra vida.**

Es **nuestra** responsabilidad correr a esa persona de la puerta.

Muchas veces no lo hacemos por idealización. O sea, porque nos hacemos una idea del otro que no es y nos anclamos a una persona que no existe. Es muy fácil caer en esto, pero en realidad el otro puede no ser compatible con nosotros. Debemos abrir el corazón y dar espacio para que pueda entrar alguien que de verdad se ajuste a nuestras necesidades y deseos. También es muy normal que nos lo tomemos como un reto —*Yo voy a lograr que cambie*—, y terminemos siendo terapeutas. Buscamos a personas rotas, porque tenemos tendencia a querer ayudar, pero eso no nos lleva a relaciones sanas. Pero debemos recordar que nadie cambia a menos que quiera cambiar. No podemos hacer nada al respecto. No lograremos "arreglar" al otro ni con todo el esfuerzo del mundo, si el otro no quiere arreglarse a sí mismo.

La persona tóxica, además, nos suele decir lo que queremos escuchar. Y le creemos, porque caemos en **manipulaciones**. Son personas que nos escuchan y lo usan en nuestra contra: hacen bombardeos de amor y vuelven a engancharnos. Ten en cuenta que estas personas **nos mienten y engañan a nosotros y a todos**, porque tiene que ver con su sistema de creencias. No te lo tomes personal. La manipulación tiene muchas formas: llanto, enojo, arrepentimiento falso o vacío, amenazas contra nosotros o contra sí mismos. Pero no es consistente: la persona **no cambia**.

Caemos en estas manipulaciones porque tenemos **miedos irracionales** —a no poder estar solo, al abandono, a la soledad, a no ser suficientes, a no ser amados, a no encontrar a nadie mejor, al rechazo, entre otros—, pero también porque todos tenemos momentos de **vulnerabilidad** que la persona tóxica sabe aprovechar. Es decir que, si tenemos contacto permanente, en algún momento nos encontrará deseando afecto, o sintiéndonos solos. Es más fácil que nos convenzan de volver a algo que conocemos. Pero recuerda:

*No porque tengas sed
tienes que tomar el veneno.*

El otro se convierte en nuestra **zona de confort**, y ya hemos hablado de lo fácil que es volver a ella, lo difícil que es salir. Es por esto que la persona hace uso de la insistencia, porque sabe que tarde o temprano nos convencerá. En su cabeza está *luchando por amor*, pero en realidad está siendo muy invasiva o inclusive obsesiva. Además, cuanto más tiempo pasa desde que terminamos una relación, solemos caer en la **memoria selectiva o efecto melancolía**: minimizamos lo negativo y vemos el pasado color de rosa (nos quedamos con lo positivo).

Y, aunque no fuera así, aunque no cayéramos en este efecto melancolía, sí vemos el término de una relación como una pérdida, algo a lo que los seres humanos tenemos **aversión**. En otras palabras: el cerebro le da más importancia a lo que perdemos que a lo que podemos ganar, aunque lo que perdamos sea muy malo y que lo podamos ganar, muy bueno. Básicamente, el humano es mejor para encontrar problemas que soluciones. Además, también suele afectarnos el **valor del costo hundido**, que nos da dificultad para soltar aquello en lo que hemos invertido tiempo, dinero, esfuerzo y emoción. Sucede, por ejemplo, con carreras universitarias o trabajos estables que se tienen desde hace mucho tiempo.

Cómo eliminar a una persona tóxica de tu vida

Para librarnos de una relación tóxica, lo primero que debemos hacer es verla como una adicción emocional y tratarla un día a la vez y de forma consciente. Tenemos que distanciarnos lo más posible, bloquear a la persona, evitar sus redes sociales, no comunicarnos con ella. Es decir, tenemos que procurar no estar pendientes de su vida.

Si compartimos amistades, debemos pedir a nuestros amigos que no nos cuenten cosas del otro y, si nos preguntan sobre la separación, debemos contestar que preferimos que no nos pregunten, que no queremos hablar de eso. Debemos pedirles que no nos recuerden la relación.

No nos sirve escuchar esa canción especial, ir a juntadas grupales que incluyan al otro o a lugares que nos lo recuerden. Todos los regalos que recibimos de ese ex deben ir a parar a una caja en el lugar más recóndito de la casa, o incluso a la basura.

Estas cosas son **estímulos**, y funcionan como tirar sal en la herida, haciendo que el proceso de sanar sea mucho más lento. Si nos cuesta alejarnos, hay que hacerlo de forma **gradual**, para probarnos que no necesitamos al otro y que vamos a estar bien.

Recuerda lo importante que es la historia que nos contamos (capítulo 1) por lo tanto recuérdate que quieres y mereces una relación sana.

¿Qué hacer, entonces?

La clave es tratarlo como **una adicción**, porque es una adicción emocional, y tomarlo un día a la vez. El primer objetivo es distanciarnos tanto como nos sea posible. Hay varias cosas que podemos hacer para lograrlo, recapitulando:

» Bloquear o silenciar a nuestro ex
» No ver sus redes sociales
» Evitar la comunicación o de no ser posible (por ejemplo por tener hijos) minimizar la comunicación al máximo
» Evitar estar pendientes de qué sucede en su vida

» Tratar de que nuestros amigos no nos cuenten cosas de esa persona

» Si nos preguntan, responder: "Prefiero que no me preguntes, no quiero hablar de eso"

» No escuchar esa canción especial

» Evitar las juntadas grupales que lo involucren

» No ir a lugares que nos recuerden al otro

» Meter todo lo que nos regaló en una caja y dejarla en el lugar más recóndito de la casa, o incluso tirarlo

Se entiende la idea general: todas estas cosas son estímulos y funcionan como sal en la herida. Hacen que el proceso de sanar sea más lento. Si nos cuesta tomar distancia, debemos hacerlo de forma gradual. **Probarnos que no necesitamos al otro** y que vamos a estar bien.

RONDA DE EJERCICIOS

Con este simple ejercicio comenzaremos a empoderarnos y a cambiar para mejor la historia que nos contamos. Repetir afirmaciones positivas es una herramienta poderosa, y es una buena forma de ayudarnos a superar vínculos tóxicos y sanar heridas emocionales. Es muy útil hacerlo en momentos en los que nos sentimos vulnerables, y cuando nos invade la tentación de caer en los brazos de exparejas que no nos han hecho bien.

Lo ideal es repetirlas varias veces al día, en especial por la mañana, para comenzar la jornada con una mentalidad positiva.

Algunas afirmaciones que podrías considerar incluir son:

» *Ese vínculo me lastima y merezco estar en una relación sana.*

» *Esa persona no me hace bien y merezco amor verdadero y sin dolor.*

» *Merezco amor.*

» *Merezco estar rodeado de personas que me apoyen y me respeten.*

» *Hice bien en alejarme de esa relación tóxica y estoy avanzando hacia un futuro más feliz y saludable.*

» *Si vuelvo con esa persona, mi yo del futuro estará muy enojado conmigo.*

» *Mi yo del futuro estará orgulloso de mí por haber tomado la decisión correcta al alejarme de esa relación dañina.*

» *Cada día elegiré mi bienestar, me cuidaré y me rodearé de personas que me quieran de verdad.*

Cada persona es diferente, y lo que funciona para uno puede no funcionar para otro, pero estas afirmaciones pueden ayudar a tener una perspectiva más positiva y a mantenerse firme en la decisión de alejarse de un vínculo insano. Recuerda que sanar lleva tiempo, y es importante permitirse sentir y procesar esos sentimientos. Si lo sientes necesario, busca ayuda profesional. A veces nos abruma nuestras propias emociones y requerimos un poco de asistencia.

Cuando uno termina una relación tóxica, es común sentirse con la autoestima por el suelo. Sin embargo, no debes culparte ni castigarte por ello. Al contrario, debes sentir orgullo de haberte dado cuenta a tiempo y haber tomado la decisión de alejarte de esa situación nociva. Es importante recordar que la vida continúa, y que hay muchas oportunidades por delante. No debes buscar la validación de esa persona que ya no está en tu vida. En su lugar, debes rodearte de personas que te acepten y te quieran tal y como eres. No te conformes con menos: mereces a alguien que te valore y te aprecie por quien eres. Es posible que en un principio sientas soledad, pero pronto encontrarás a las personas adecuadas para ti. Es fundamental tener amigos y familiares que te apoyen en estos momentos difíciles: ellos te ayudarán a recuperar tu autoestima y a seguir adelante. Es importante que no te aísles y busques ayuda si la necesitas.

No te culpes. No te castigues. Si estás leyendo este libro, es porque te diste cuenta a tiempo. La vida son subidas y bajadas, aprende las lecciones y continúa sin mirar atrás.

Contacto cero:
¿qué es y por qué es tan efectivo?

En pocas palabras, el contacto cero es cortar toda comunicación y, valga la redundancia, el contacto con nuestros exes. Es decir, no escribirles, no atender sus llamados, no buscarlos en las redes sociales, todo lo que hace un par de páginas te indiqué que es mejor evitar.

Esto es **sumamente necesario** para superar a un ex, porque el contacto con el estímulo implica quedarnos *ad eternum* en la etapa de la negociación —la etapa 3 del duelo de pareja—. Nos estancamos en el duelo, y por eso no podemos pasar de página del todo, por quedarnos tratando de hacer funcionar algo que **no va a funcionar.**

Al mantener contacto con la persona, no podemos aprender de los errores cometidos por ambas partes, ya que es más difícil hacer el proceso introspectivo de responsabilidad en los errores, y es importante que aprendamos para no cometerlos de nuevo en el futuro. Así, caemos de nuevo en relaciones insatisfechas, y de nuevo tropezamos con la misma piedra.

La comunicación constante remueve emociones, sentimientos, y no nos deja sanar correctamente. Nos ancla en la eterna negociación.

Si tenemos **hijos en común**, debemos minimizar la comunicación a lo mínimo e indispensable. Los intercambios deben ser solo cuestiones organizacionales de los hijos.

Exparejas

Por qué no hay que *stalkear* a tu expareja y hay que borrar todas las fotos

Stalkear es un anglicismo que en resumidas cuentas quiere decir "perseguir, acosar". En este caso es revisar todas las redes sociales de alguien, estar pendiente de cuándo hace y deja de hacer. Una especie de chequeo digno de servicios secretos.

No es nada raro que, después de una ruptura, *stalkeemos* a nuestros exes, que sintamos curiosidad por sus vidas, si ya nos superaron, si tienen una nueva pareja. ¡Debemos resistir la tentación! Es un gran error entrar en esa espiral. Por el contrario, lo que debemos hacer es **soltar** para sanar. Cuanto más contacto tengamos, mayor será el "estímulo" y más costará cerrar la herida, porque nuestros exparejas se convertirán en el centro de nuestro universo, cuando deberíamos serlo nosotros mismos.

Por eso, lo ideal es mantener **contacto cero**. Es decir, cortar todo contacto con nuestros exes, no escribirles, no responder mensajes, no atender llamados ni buscarlos en las redes. Para superar a una persona del todo, es necesario hacer esto en un 100%. En el caso de tener hijos en común, hay que procurar minimizar la comunicación a lo indispensable, acordar la custodia de forma equitativa y limitar la interacción a temas relacionados a los hijos.

El final de una relación viene con una herida emocional por la pérdida de una persona (o por la distancia con una persona). El contacto con el otro la abre y la sala, nos estanca en una fase de negociación que no nos libera para pasar de página y sanar del todo. Para sanar, el único camino es **priorizar nuestra salud emocional**, y eso implica atravesar el duelo.

La razón por la que el contacto cero es tan efectivo es porque ayuda a alcanzar esta priorización, y a empezar a tomar decisiones desde el empoderamiento. En otras palabras, nos quita la responsabilidad y la presión de luchar para que la relación funcione y nos da el espacio para ocuparnos de nosotros. Nos libera y nos da estabilidad.

Siento cosas por mi ex

Cuando construimos una relación, sin importar la calidad del vínculo, forma parte de nuestra vida y es importante para nosotros. Después de que esta relación se acaba, es sano y normal tener sentimientos respecto a ella, positivos y negativos. Luego de una ruptura es importante atravesar el duelo. De lo contrario, podríamos estancarnos en alguna de las etapas del duelo y cerrarnos a la posibilidad de amar otra vez.

El duelo consta de cinco etapas:

1. Negación
2. Enojo
3. Negociación
4. Tristeza
5. Aceptación

Muchos se estancan en la negociación, gastando esfuerzos y energías en intentar recuperar el vínculo. Otros se quedan en el enojo, y pasan gran parte de su vida odiando a su expareja. Un lugar conocido es la tristeza, que puede terminar en melancolía y episodios depresivos.

Para no vivir de esta forma traumática la ruptura, es necesario *transitar* el sentir, para alcanzar la aceptación. Una vez allí, los sentimientos no desaparecen. De a ratos, extrañamos a esa persona que se fue de nuestra vida y frente al recuerdo surgirán emociones buenas y malas. ¡Es normal! Olvidar es imposible, y no es el objetivo de un duelo sano. Por el contrario, lo que buscamos es **aprender**, tanto de nuestros errores como de los errores ajenos, y que el recuerdo del otro no afecte nuestras decisiones presentes y futuras.

Podemos incluso seguir creyendo que nuestro ex será siempre el amor de nuestra vida, pero seremos conscientes de que eso no es suficiente. Por más que haya amor y cariño, si la relación nos lastima, si no aporta a nuestra vida, o si tenemos incompatibilidades, no tiene sentido que mantengamos el vínculo.

¿Vale la pena volver con una expareja?

En la mayoría de los casos, la respuesta corta es "No", y la respuesta larga es "Nooo". En términos generales, las parejas carecen de la madurez emocional para aprender de sus errores y no volver a cometerlos. La mayoría busca apuntar con el dedo a sus exes, acusándolo de todo lo que salió mal. Esto se debe a un ego frágil y la inmadurez emocional que los condena a repetir de forma cíclica los mismos patrones que llevaron a su relación anterior a su fin.

Para retomar un vínculo de forma sana, debe haber un *equilibrio de poder* en la toma de decisiones dentro de la relación. Un problema muy común es que quien fue "dejado" suplica al otro que vuelva y ya desde ese comienzo se genera un desbalance y una relación dependiente. Uno tiene completo control, el otro siente que camina en una cuerda floja con mucha ansiedad.

Si ambos buscan superarse y se esfuerzan por aprender de sus errores con responsabilidad emocional y afectiva, quizás valga la pena retomar el vínculo. Sí y solo sí ambos están abiertos a la autocrítica sana, han madurado y evolucionado. Es necesaria la autocrítica sana. Cuando no queden heridas por cerrar, ese será un buen momento para pensar en retomar el vínculo, con la seguridad de que están listos para enfrentar esa relación con una perspectiva y un enfoque diferente. Pero mientras haya culpa, dolor, resentimiento, odio y falta de confianza, ese vínculo está destinado a volver a terminar.

Redefiniendo ruptura y fracaso en el amor

Cuando una relación se termina y sentimos dolor, solemos asimilar la experiencia como un **fracaso** por la forma en la que vemos a las relaciones. A menudo las vemos como tareas a completar, algo que puede salir bien o mal, nada a medias. Pero, recuerda, tenemos el poder de resignificarlo todo, de cambiar el lente a través del cual vemos las cosas (capítulo 1). Es decir, si una relación no funciona cómo esperamos, podemos elegir verla como una oportunidad de conocer sobre nosotros mismos, en lugar de un fracaso. Es el momento de entendernos mejor, aprender sobre nuestras necesidades, nuestra capacidad de amar y ser amado, de perdonar, aceptar y superar el dolor.

Las relaciones no son sino procesos (tandas de baile en nuestra canción) que cumplen propósitos en nuestra vida, para la persona que somos en diferentes etapas. Algunas llegan para dejarnos una enseñanza, a brindarnos momentos de conexión emocional; otras, a acompañarnos por un momento difícil, a darnos hijos, o a inspirarnos, y luego terminar. Si salimos de una relación siendo una mejor versión de nosotros mismos no hay fracaso alguno. Por el contrario, esa relación ha sido un absoluto éxito, ha cumplido su propósito y podemos mirar hacia atrás con amor y gratitud. Las personas se resienten porque les duele "haber perdido el tiempo", pero el tiempo no se pierde, el tiempo se invierte y se transita. La vida es una combinación de experiencias que hay que transitar.

No todos los vínculos están destinados a durar por siempre, pero cada una puede enriquecer nuestras vidas si lo permitimos. Y al final del día si de una experiencia "negativa", se saca algo positivo, esa experiencia no fue un fracaso, fue un éxito y nos ayuda a seguir evolucionando en la vida.

> ## El universo no te da lo que quieres, sino que te da lo que necesitas.

Las relaciones no son tareas a completar, sino el motor para nuestra evolución constante. Si nos quedamos estancados en el dolor o en el enojo, ese vínculo no nos ha hecho crecer. La vida nos cruza con personas que necesitamos según en qué etapa estamos para avanzar al siguiente capítulo de nuestra evolución. Está en nosotros aprovechar esa oportunidad o dejarla pasar. Mi consejo es nunca dejar de aprovechar las oportunidades de aprender que las personas traen a nuestra vida.

Debemos enfocarnos en aquello que aprendimos, y puede ser tanto lo que queremos como lo que **no** queremos. Se aprende tanto de buenos como de malos maestros, todo depende del significado que decidamos darle.

¡Adiós a la culpa!

Hay dos tipos de culpa: la real y la falsa. La culpa real es el dolor de un error que hemos cometido y que constituye la fuerza necesaria y motivadora para mejorar y crecer. Es sano sentir dolor y culpa, al contrario de no sentir nada (una tendencia de falta de empatía, mucho más difícil de cambiar). Así, podemos darle una visión de empoderamiento y salir del error como una mejor versión de nosotros mismos.

La falsa culpa, nos las imponen otros por algo que no necesariamente es nuestra responsabilidad. Esta es la forma en la que una persona tóxica nos culpa por sus propias inseguridades, errores, faltas de respeto, abusos, poco compromiso y demás. No debemos suscribirnos a esta etiqueta que se nos asignó sin nuestro consentimiento, sino marcar distancia.

La culpa es sinónimo de vivir en un pasado que **no se puede cambiar**. Lo mejor en cuanto a experiencias pasadas es **aceptar**. Siempre hacemos lo mejor que podemos con base en nuestras experiencias, nuestros aprendizajes e información. Lo único que podemos hacer es aprender del pasado, seguir nutriendo nuestra toma de decisiones y actuar con mejores valores y pilares. Nuestro pasado **no nos define** (siempre y cuando no sigamos arrastrando esos errores). Un error no nos define. Aferrarnos a eso es una pérdida de tiempo y energía. Estamos vivos en el presente. **Tenemos control solo en el presente.** Por supuesto que a todos nos gustaría haber tenido todo el conocimiento que poseemos hoy en el pasado, pero no tiene sentido pensar en ello. Sin los errores cometidos, no sabríamos lo que sabemos. Todo cuanto tú, lector, has pasado a lo largo de tu vida, te ha traído aquí, a este libro, en una búsqueda por sanar. Para ello es necesario **aceptar** que tanto uno como el otro pueden haberse equivocado.

Como vimos antes, luego de una relación tóxica es muy común que nuestros exes nos responsabilicen por cuanto haya terminado mal. El ego busca culpables, y la persona insegura enfrenta los conflictos desde el ego: culpa al otro por su propia fragilidad. Si nos culpa, implica que no cometió ningún error; ergo, no tiene que aprender nada y puede seguir libre de culpa y dolor. El empoderamiento, en cambio, busca el aprendizaje y crecer en la inteligencia emocional. Es decir: una persona madura y empoderada **se responsabiliza y se supera.**

A fin de cuentas, que una relación se acabe no tiene que ver con culpas, sino con compatibilidad y aprendizaje.

Me cuesta decidir

Cuando estamos en un proceso de duelo, la toma de decisiones se ve afectada, porque el dolor lo afecta todo. Por eso es tan importante el contacto cero, pues de otra forma estamos vulnerables frente a una "necesidad" que genera el mismo dolor. Por la misma razón, antes de volver con nuestros exes, es necesario atravesar el duelo completo de forma sana, y estar enteros para poder estar tranquilos de que estamos tomando decisiones con la cabeza, y no con un vacío emocional. Las cosas empeoran y nos arrepentimos cuando tomamos decisiones sin tener confianza y convicción.

La confianza volverá, solo hay que sanar primero y redefinir nuestras prioridades para salir enteros.

Confiar en los demás

El problema de no confiar en los demás es que sin confianza no hay pareja sana posible. La confianza es un pilar que sostiene gran parte de cualquier vínculo pero que, así como toma trabajo y esfuerzo construir, es muy sencillo de quebrar. Reconstruirla es más difícil que construirla desde cero, pero es posible. Como primer paso, siempre es mejor comenzar con el beneficio de la duda (confiar, pero verificar), sin asumir un rol de detective. Son los dos miembros de la pareja los que deben sumar a la construcción de la confianza para una relación sana. De otra forma, es un vínculo destinado a terminar.

Además, la falta de confianza no es solo en la otra persona, es en nosotros mismos. Si yo no confío en mi pareja, tengo que desarrollar mis habilidades de elegir una buena persona, y en el peor de los casos, confiar en mis capacidades de que si las cosas no salen como las espero, debo confiar en mis capacidades de sanar y que todo va a estar bien.

Hay dos motivos por los que podemos desconfiar de nuestra pareja: porque traemos heridas de traiciones del pasado que han generado falta de confianza en los demás, o porque el otro nos da motivos para desconfiar. En el primer caso, es necesario sanar; en el segundo, estamos con la persona equivocada.

Recuerda: **no juzgues a la persona de TU *presente* por la traición de una persona de TU *pasado*.**

Por qué abrirse emocionalmente

Las relaciones tóxicas y los grandes amores que se terminan nos producen un gran dolor, y a nuestro cerebro no le gusta el dolor, aunque sea necesario para crecer. No solo nuestras experiencias en pareja pueden llevarnos a un cierre emocional. También los traumas del pasado, las heridas por traición, abandono o rechazo, las familias exigentes y controladoras, y las creencias sociales o culturales, entre otros. Claro que no es algo consciente: aparece en nuestra vida como autosabotaje. No es más que un mecanismo de defensa, pero siempre es mejor evitarlo, pues además de dificultarnos el generar vínculos íntimos, afecta nuestra autoestima en profundidad.

El cierre emocional es un conjunto de miedos enmascarados al abandono, a no ser suficiente, a la soledad, a las decepciones, el rechazo. Exponernos a una conexión también "pone a prueba" nuestro valor, si somos o no suficientes. Por dar una imagen explicativa, es como si nuestras emociones quedaran congeladas, en pausa. Esto nos lleva a aislarnos emocionalmente, y puede incluso surgir una crisis de identidad. Lo que se activa es uno de los principios psicológicos del cerebro de supervivencia: **la aversión a la pérdida**. Es decir, hacemos más para no perder que para ganar.

Es cierto que de esta manera se previene el sufrimiento, pero de forma indirecta también se previene el amor, pues este siempre viene con la posibilidad de un corazón roto.

¿Me cerré emocionalmente?

Para saber si nos hemos cerrado emocionalmente, debemos prestar atención a nuestros comportamientos de autosabotaje y a las expresiones verbales que usamos. Por ejemplo, si te encuentras todo el tiempo evitando situaciones sociales, relaciones románticas o incluso evitando conversaciones profundas, es probable que te hayas cerrado emocionalmente. Otra señal es la dificultad de confiar en alguien, también cuando es difícil para ti expresar tus sentimientos y necesidades.

Frases típicas de quien se ha cerrado emocionalmente:
» Estoy bien en soledad.
» No necesito a nadie.
» No estoy preparado/a.
» Es muy difícil conocer gente.
» Me da mucha flojera.
» Soy demasiado independiente.
» Tengo miedo de volver a sufrir/a que pase algo malo.
» No me quiero volver a enamorar.
» Odio el amor.
» No me merezco una pareja.
» El amor no es para mí.
» No hay nadie para mí.
» Todos/as son iguales.
» La sociedad es una basura.
» No quiero compromisos.
» Nadie me valora.
» No creo en el amor.

Comportamientos típicos

Cuando estamos emocionalmente cerrados, actuamos desde nuestros miedos sin darnos cuenta y lo justificamos diciendo que *atraemos a un tipo de personas que no sirven para una relación sana*. Sin embargo, somos nosotros los que nos aferramos a estas personas, porque tenemos miedo a arriesgarnos.

Elegimos, entonces, a personas **no disponibles** (en pareja, que no quieren compromiso, que viven muy lejos, que no saben lo que quieren, que jamás conoceremos, personas tóxicas, etcétera), que evitan que nos abramos emocionalmente. También podemos elegir salir con muchas personas de forma simultánea para no profundizar en el vínculo con ninguna. Otro comportamiento clásico es chatear y nunca concretar una cita, poner mil excusas.

TEST EXPRESS: ¿SUFRES DE CIERRE EMOCIONAL?

» *Me aburro rápido.*

» *No paso de las primeras citas.*

» *Dejo antes de que me dejen, por si acaso.*

» *Hago pronósticos negativos ("Mira si se van a fijar en mí").*

» *Estoy a la defensiva en extremo.*

» *No siento **nada** (emociones congeladas).*

» *Busco hacer daño (engaño por si me engañan).*

» *Tengo expectativas irreales (está bien tener altos estándares en respeto y desvalorización, pero si solo aceptamos a gente perfecta, es poco realista).*

» *Comparo con versiones idealizadas.*

» *Le veo todos los defectos posibles.*

» *Elijo a personas a la distancia (física o emocional) o que no están disponibles.*

Tres o más tildados y es muy probable que haya un cierre emocional que resolver. Pero no te preocupes, es posible sanar y volver a abrirte emocionalmente para conocer y construir una amor sano.

CASO DE ESTUDIO

Quien haya visto desde afuera la vida de Marcos, aseguraría que era perfecta. Un matrimonio de dieciséis años y una niña de seis, estables y armoniosos. Sin embargo, aun con una vida sexual más que satisfactoria, Marcos sentía una profunda desconexión con su esposa. Desde hacía un tiempo sentía el vínculo frío y distante, y que ya no eran compatibles sus proyectos de vida. Le preocupaba su hija, Elena, por lo que no se decidía a irse. Quería para ella un hogar conformado por mamá y papá, una familia tradicional.

No fue hasta cruzarse con Bárbara que sintió aflorar en su cuerpo esa llama que ya no sentía en su matrimonio, una química instantánea, una conversación viva. Además, ella lo entendía, porque estaba en una situación similar: un matrimonio de once años muerto, hijos de por medio.

Ninguno quería ser infiel a sus respectivas parejas, pero la emoción que les inspiraba el otro era tal que decidieron comenzar a verse a escondidas. Nunca un beso, nunca un abrazo más que amistoso, simplemente horas de conversación en diferentes estacionamientos. Para Marcos era hasta terapéutico: al fin alguien que lo comprendiera cuando hablaba de los males de su relación. La atracción estaba allí, el elefante en la habitación que ambos elegían ignorar, pese a que parecían ser perfectos el uno para el otro.

La fantasía era alimentada con cada reunión: *¿Cómo besará? ¿Cómo será ser su marido? ¿Qué se sentirá despertar junto a ella?*

Ninguno estaba disponible, ninguno quería romper su matrimonio, pero en el imaginario de ambos, ya había una vida juntos formada.

Con el tiempo, la realidad de lo que estaba pasando —de lo que estaba *haciendo*— golpeó a Marcos como un puño en la quijada. Estaba involucrándose emocionalmente con alguien más, alguien que no era su esposa, que no quería nada con él más que esa relación platónica. En una de esas reuniones, él puso fin a la comunicación entre ambos y borró a Bárbara de todos lados. No la vio nunca más.

Su esposa lo amaba como Bárbara nunca podría, y él la amaba también. Lo único que era claro para él era que necesitaba volver a dar vida a su matrimonio.

Con vergüenza, le contó a su esposa lo que había hecho y, aunque se enojó y necesitó distancia durante unas semanas, tuvo que aceptar que la relación se había enfriado. Ambos se comprometieron a esforzarse por lograr una nueva conexión, y lograron levantarse del tropiezo más sólidos y fuertes que nunca.

Permitirse amar

El objetivo de la vida no debe ser solo *existir*, sino vivir. Cuando nos cerramos emocionalmente, perdemos nuestra capacidad de amar, de disfrutar la intimidad, de conectar con otros, de vivir la vida. Nos convertimos en una plantita. La experiencia humana tiene subidas y bajadas, pero no existe una sin la otra, no hay luz sin oscuridad ni felicidad sin sufrimiento.

La vida es más que pagar cuentas y morir, y el tiempo no vuelve.

Para superar un cierre, lo primero que debemos hacer es descomplicar el proceso. Ir de un obstáculo a conquistar al siguiente. El gradualismo es **clave**. Debemos conocer desconocidos **sin expectativas**, acortar la distancia entre nosotros y un posible amor. Es muy probable que debamos enfrentar miedos, pero este es un camino de crecimiento, lejos de la zona de confort. Debemos permitirnos conocer todo tipo de personalidades, practicar y aprender, para cuando llegue la persona indicada.

Lo primero que es necesario tener muy en claro es que **merecemos un amor sano**, por el simple hecho de ofrecerlo. Ahora bien, no se puede pedir amor sano a una persona que no está apta; no le pidamos peras al olmo. Lo siguiente a entender y **aceptar** es que no existe tal cosa como el "amor seguro". Es una ilusión, porque los humanos somos seres mutables, que todo el tiempo estamos en un proceso de cambio. Es imposible saber si la persona que elegimos hoy será la misma que elegiremos mañana (al igual que no sabemos cómo cambiaremos nosotros). No podemos estar seguros de que seremos compatibles por siempre con el otro.

Y está bien.

Hay que soltar la ansiedad de un futuro incierto y vivir el presente.

Aunque no sepamos cuánto durará el vínculo, debemos permitirnos disfrutarlo, dure cuanto dure, y poner todo nuestro compromiso e intención en el vínculo con responsabilidad emocional y afectiva.

A la hora de repartir fichas, no apostamos al otro, sino a nosotros mismos. No podemos saber si la persona que estamos conociendo es buena o mala, si se equivocará o no. Pero sí sabemos que si la vida nos da desafíos, **podremos superarlos y sanar**. Las fichas siempre van en nosotros mismos. Somos lo único que podemos controlar. Debemos **saber** que, si todo sale mal, somos capaces de curar las heridas como en el pasado y volver a amar.

Dos cosas que puedo hacer para confiar y abrirme

1. Detectar de manera activa las banderas rojas y eliminar a personas tóxicas. Un filtro.
2. Confiar en nuestras capacidades y en que, si las cosas no salen bien, **la vida continuará** y sanaremos.

CAPÍTULO IV

Cortejo: citas y seducción

Atraigo a quien no me interesa y quien me interesa no me mira

Hay dos razones por las que podemos estar suspirando por personas que no nos tiene ni en su radar y, al mismo tiempo, que otras que no nos seducen para nada se nos acerquen. La primera es que podemos estar buscando un tipo de persona que no es compatible con nosotros. Suele ocurrir, porque tenemos en mente cómo debería ser nuestra pareja ideal, y tratamos de encajar a potenciales parejas en ese molde. Pero para saber cómo es en realidad alguien con quien sí somos compatibles en expectativas de pareja, debemos salir en citas con todo tipo de personas hasta que llegue la correcta.

El proceso de soltería se puede **disfrutar**. Es también un momento para **filtrar** y para **aprender a socializar**.

Es decir que, por un lado, salir con personas diferentes nos ayuda a comprender qué buscamos en el otro, qué nos atrae, qué hace a una persona compatible con nosotros. Así, es más fácil alejarnos de las opciones que no aportan a nuestra vida. Es una oportunidad para la autorreflexión, porque muchas veces somos nosotros mismos quienes nos limitamos y nos fijamos en las personas equivocadas, por patrones y expectativas erradas en las cuales siempre es conveniente trabajar.

Por otro lado, durante la soltería aprendemos habilidades sociales, de seducción, de simpatía, a mantener una charla interesante, a crear un buen momento —habilidades que nos son útiles tanto en el ámbito personal como en el profesional. Y esto nos lleva a la segunda razón por la que se nos acerca gente que no nos atrae y nos gustan personas que no nos tienen en la mira: la mala representación de nosotros mismos, que incluye la apariencia y la actitud. Si tenemos una vibra y/o una imagen que da un mensaje equivocado, llamamos la atención de un tipo de personas que no nos interesa en realidad.

En pocas palabras, el proceso de soltería nos permitirá desarrollar habilidades sociales y de seducción, así como una mayor autoconciencia y autorreflexión. Así comprenderemos mejor nuestros patrones de comportamiento, nuestras necesidades, y atraeremos a personas con quienes lograremos una verdadera conexión.

Cómo atraer a quien quiero atraer

Hay dos cosas que podemos hacer para dejar de atraer a las personas equivocadas. La primera es **cambiar por dentro y por fuera**. Podemos comenzar con cambiar tu perfume, tu look, tu estilo. Quizás estamos dando un mensaje que no queremos dar, sin saberlo. Si corregimos este mensaje, atraeremos al tipo de persona que deseemos atraer. Pero también debemos hacer cambios desde adentro (mejorar nuestra nutrición, meditar, cambiar nuestra rutina) que nos hagan vibrar con una energía más brillante y diferente. Todo esto implica dejar la actitud defensiva de lado y abrirnos emocionalmente a conocer desconocidos con actitud alegre (a veces vibramos en una energía muy negativa y esto repele a las buenas personas).

Lo segundo que podemos hacer es **cambiar o ampliar nuestros círculos sociales**. Apuntando a nuestros hobbies e intereses, podemos anotarnos en actividades, cursos o seminarios que nos permitan conocer personas nuevas. Es decir: actividades **sociales**. Quizás no conozcamos a nuestra pareja allí, pero es probable que formemos nuevas amistades que tengan amigos que sí puedan interesarnos.

Es necesario **salir de la zona de confort**. Sabemos que estamos poniendo un pie fuera cuando nos sentimos incómodos y tímidos al tomar acción; pero debemos avanzar con valentía. Recuerda que la valentía no es la ausencia de miedo, sino la capacidad de avanzar pese al miedo. En resumen, tenemos que abrirnos emocionalmente, cambiar cómo vibramos de forma interna y externa y ampliar nuestros círculos sociales.

No importa a quién atraes,
sino a quién te aferras.

Dónde conocer personas de alto valor

Antes que nada, debemos salir, como dijimos antes, con muchas personas diferentes. Es importante hacerlo **sin expectativas**, o al menos con las menores expectativas posibles. Debemos ser realistas, y entender que las personas buenas y compatibles con nosotros no llegan todos los días. Hay que darnos la oportunidad de conocer gente nueva de forma consistente sin tomarnos el rechazo, o que no funcione, de forma personal.

Es normal tener una cita y descubrir que no estamos alineados con el otro o que tiene diferentes prioridades que nosotros. Más allá de lo que nosotros consideremos como "alto valor", lo ideal siempre será buscar **compatibilidad**, alguien con quien podamos disfrutar y compartir. Así formamos un vínculo y también lo nutrimos.

La pregunta del millón, para muchos, es: ¿sirven las *apps* de citas? La respuesta es **sí, si las sabemos usar**. Debemos entender que, aunque sean superficiales, son una herramienta más, y podemos aprender a sacarles el jugo, aceptando sus reglas. La mayor parte de las personas que nos cruzaremos no estarán alineadas con nosotros, o no serán lo que buscamos. **Es parte del proceso de filtraje**. Por eso debes abrirte a conocer personas de todos los ámbitos. La forma de usarlas es salir en citas, en persona, cuanto antes. Simplificado, elegir a una persona que nos atraiga, hablar hasta sentirnos seguros y concertar una cita **en la vida real**, para darnos la oportunidad de conocerla. Debemos estar en el universo en donde las cosas suceden, y esto tiene que ver con la vibra alta de la que hablábamos antes, con la simpatía y la capacidad de disfrutar el presente. Es un cambio profundo en nuestra forma de pensar, es cierto, pero nos lleva a una vida más feliz, a un *click* más alegre, a una vida de gratitud. Regalemos sonrisas cuando entramos a un lugar. Derrochemos alegría y energía positiva.

RONDA DE EJERCICIOS

Para vibrar alto y disfrutar el presente con otro, primero tenemos que hacerlo en soledad. Vivir en el hoy al máximo, sin miedo a que nos juzguen o nos señalen. Es decir, debemos disfrutar de nuestra compañía.

Este ejercicio nos permitirá vivir en el presente y conectar con nosotros mismos, cosa importante para poder conectar, luego, con otra persona.

Anota en papelitos actividades que quieras realizar, que tengas pendientes, y para las que no encuentres tiempo, o que te apene hacer en soledad. Puede ser desde cocinarte algo delicioso hasta ir a un museo. Lo que sea, mientras te llenen y te contenten. Coloca los papelitos en un frasco y saca un papelito al azar una vez por semana. Dedica un día a esa actividad en soledad.

Tiempo para conocer a una persona de calidad

Una de las formas más comunes de sabotear vínculos es tener falsas expectativas **de tiempo**. Por ejemplo, salir con una sola persona durante poco tiempo y creer que tiene que funcionar *sí o sí*. ¡Esto es una receta para el desastre!

Desde un punto de vista estadístico, es muy poco probable que la primera relación que formemos en nuestra vida salga **bien**. La primera vez que cocinamos un pastel, casi siempre sale mal, y de cada pastel malogrado aprendemos algo, hasta que poco a poco nos queda perfecto. Lo que quiero decir es que lo más normal es conocer a varias personas hasta que llegue la correcta, con las mismas prioridades, que quiera formar un proyecto con nosotros.

Por esto debemos darnos tiempo para conocer al otro **sin expectativas**, fluir y disfrutar del proceso. ¡Disfruta la soltería! Vívela en modo *chill*, relajado y sin estrés. Tienes que descubrir cuándo el proceso comienza a volverse estresante para ti — la idea es no forzarte a salir con más gente de la que puedes tolerar—, y a abrirte emocionalmente de forma gradual, viviendo el momento.

Cuando salimos, en una cita, no sabemos si vamos a encontrarnos con nuestro gran amor, una amistad, alguien para disfrutar una noche, puras banderas rojas, una charla profunda, etcétera. No tenemos idea, así que no debemos esperar a alguien perfecto para acudir a una cita. No sabemos a quién nos vamos a encontrar, ni existe la perfección. ¡Descomplica el proceso! La única clave es la **constancia disfrutando de la etapa, sin culpas y sin exigencias.**

Elige a quien te elige a ti

Algo importante a la hora de seleccionar a nuestra pareja es cómo nos hace sentir. La persona ideal es aquella con la que nos sentimos cómodos, siendo nosotros mismos, con quien podemos ser auténticos. Si esa persona también nos elige, lo hace por lo que en realidad somos, no por quién pretendemos ser, ni por amoldarnos a sus deseos y preferencias. Si no nos eligen, no debemos creer que somos el centro del universo. No tiene que ver con nuestro valor ni con nuestros gustos. Cada persona es un mundo en sí mismo y tiene proyectos, prioridades, preferencias. En definitiva, tiene una vida que nos es ajena. Si creemos que todo recae en nosotros, terminaremos con mucha frustración, y le abriremos la puerta a la inseguridad y el miedo. Cuando somos transparentes, en cambio, le damos a los demás la libertad de elegirnos y así el vínculo fluye de forma orgánica.

A cuántas personas conocer y cuántas citas tener

Voy a comenzar esta sección con algo importantísimo: **¡no te suscribas a prejuicios y dogmas ajenos!** Menos todavía si te quitan poder.

Si otros creen que por conocer personas en *apps*, o por tener muchas citas, eres fácil o le tienes alergia al compromiso, ¡no los escuches! Recuerda lo que acabamos de ver: la consistencia y la variedad son claves. Existe un mandato que indica que, aunque no encajes con el otro, debes seguir en ese vínculo y forzarlo a funcionar. Pero eso —escucha mis palabras— **es desperdiciar años de nuestra vida.**

No eres "fácil" por conocer personas, ni tienes tendencias a ser infiel. Hasta no haber compromiso establecido y acordado mutuamente, no le debes nada a nadie (ni nadie te debe nada a ti). No dejes que las inseguridades de los demás te llenen de miedo.

Ahora sí, a lo que nos compete en este apartado. Es decisión personal conocer una o varias personas a la vez (elige lo que te dé comodidad y tranquilidad), pero **debemos filtrar rápido,** cuando nos damos cuenta de que la persona no es la indicada. Si conocemos a una persona, el beneficio es que tendremos más claridad en nuestras emociones y menos distracciones. Podemos profundizar en conocer al otro. El lado negativo es que hace que el proceso de encontrar lo que buscamos sea mucho más lento o inclusive nos podemos aferrar a la persona equivocada para "terminar la búsqueda", por eso es importante filtrar rápido si la persona no nos convence, y no aferrarnos ni caer en el valor del costo hundido (capítulo 3).

Si conocemos a varias personas a la vez, el proceso será más rápido y tendremos más opciones, pero puede que no tengamos nuestros sentimientos tan claros a la hora de elegir. Se genera la **paradoja de la elección:** tenemos tantas opciones que no logramos decidirnos por ninguna (lo que nos pasa con las plataformas de *streaming*, con miles de películas en el catálogo). También podemos caer en la **parálisis por análisis,** pensando tanto que eso nos impida decidir, y terminar así en una relación a lo monstruo de Frankenstein —un pedazo de relación por aquí, otro por allí, otro más allá. No te limites en tus opciones, pero no te abrumes a la hora de tomar decisiones.

Si nos gusta una persona, pero no parece igual de interesada, es posible empezar desde una amistad, pero no es recomendable. La *friendzone* (zona del amigo) nos hace perder mucho tiempo. Además, las personas cambian con la etiqueta. Es decir, no se comportan de la misma manera como una amistad que como otros vínculos (relación de pareja, compromiso, matrimonio, etc.).

El amor en tiempo de RRSS (redes sociales)

La finalidad de las RRSS no es conocer en profundidad a otros por mensaje, sino encontrar a quien te atraiga y te genere suficiente seguridad como para conocer a la persona en la vida real, al igual que las *apps* de citas. Solemos juzgar al libro por la portada en las redes, pero hay que darse la oportunidad de ver quién está del otro lado en realidad, porque mucha gente no sabe cómo hacer un buen perfil *online*. Ponen malas fotos, malas descripciones, y nos podemos hacer una idea errónea con mucha facilidad.

Los mensajes en RRSS deben enviarse **sin expectativas**. De otra forma, se genera el miedo a que las expectativas no se cumplan. Podemos hacer llamadas, o incluso videollamadas, para sentirnos seguros, pero debemos salir de la virtualidad lo antes posible.

Si el otro no quiere salir de la *app*, no te lo tomes personal: quizás no es el momento, quizás no es la persona. Lo que nosotros podemos hacer es no usar filtros excesivos, mostrarnos como somos en verdad. Sí podemos seleccionar nuestras mejores fotos, imágenes en las que estemos sonriendo. Pero modificarlas hace que los vínculos que comiencen en las redes lo hagan desde el engaño. Recuerda: **es muy difícil que un vínculo prospere cuando comienza con el pie izquierdo.**

Mensajes: cómo usarlos de la forma correcta

El propósito de los mensajes de texto, en situación de cortejo o romance, es concertar citas, conocer a la persona lo mínimo e indispensable para avanzar a un encuentro en la vida real. Repite conmigo: **no se puede conocer a alguien por mensajes de texto.** Es una vía limitada y es fácil distorsionar lo que se dice. Cuando hablamos por mensajes solemos juzgar al otro y hacernos una idea distorsionada de lo que el otro es. Típicamente conocemos el 15% de la persona y el otro 85% es nuestra imaginación proyectando una realidad que puede o no ser cierta.

Chatear demasiado es una pérdida de tiempo antes de conocerse en persona. Pero, luego de la cita, los mensajes pueden ser muy útiles para mantenerse en contacto **sin agobiarse** ni caer en la obsesión o el acoso.

Reglas del mensaje de texto

Recordemos que la comunicación tiene implícita un nivel de interés, por lo tanto debemos mantener estas 3 reglas cuando nos estamos conociendo:

1. **Regla del espejo**

   Hay que poner el mismo esfuerzo que el otro en cuanto a la inversión y a la frecuencia de la comunicación. Contestar con la misma intención e intensidad, sin prisa. Por lo general, quien más escribe es quien más invierte en la relación.

2. **Es un partido de ping-pong**

Se envía un mensaje y **se espera** a que vuelva, sin apresurarse ni reclamar. No hay que caer en ser novio/a prematuro/a. La comunicación tiene un nivel de interés implícito. Si el otro nos deja en visto quiere decir que no quiere jugar el partido, pero no te lo tomes personal.

3. **Da espacio para que la otra persona inicie la comunicación**

De esta forma, el otro tiene espacio para invertirse emocionalmente y demostrar que nos quiere conocer. Debemos dejar que demuestre su esfuerzo.

No hay que abusar de la comunicación a través de mensajes. No nos debemos quedar sin tema de conversación para cuando se concrete la cita en persona. La idea no es *conocer* al otro por redes o mensajes, ¡sino en vivo y en directo!

El camino fácil a las relaciones sanas: citas a prueba de balas

Al principio del vínculo nuestro trabajo, es **divertirnos**. Debemos quitarles la presión a las citas. No tenemos por qué conquistar al otro, ni cortejarlo, ni decirle lo que creemos que quiere escuchar. Lo **único** que tenemos que hacer es **pasarla bien**, disfrutar de la cita.

Dejemos las charlas serias y profundas para más adelante y quedémonos con la diversión, sin la necesidad de hacer proyecciones con la otra persona. No queremos caer en el **efecto efervescencia**, porque lo que rápido sube, rápido baja. Lo que rápido empieza, rápido termina. Además, apresurarnos en el compromiso es sinónimo de **inmadurez emocional**, porque no se puede jurar amor eterno o estar seguros de que el proyecto es con **esa persona**, cuando recién estamos conociéndola. Podemos decir que queremos una relación, pero no si la queremos con esa persona.

La intención de las citas es conocer al otro en un ambiente relajado, sin expectativas, sin buscar validación ni validar a nadie. Son el momento para ver qué tanta compatibilidad hay, de observar el comportamiento del otro. **La persona está a prueba:** no sabemos si está a la altura de la relación que nosotros queremos y merecemos.

Evita estar con la lupa, no mantengas una actitud confrontativa o defensiva. También, procura no caer en pronósticos negativo del tipo "Seguro que no va a funcionar/Será una mala persona".

Disfruta el proceso un paso a la vez.

Regula la intensidad

Para que el vínculo avance de forma orgánica, hay que darles espacio a los sentimientos, para que afloren. Es decir, si somos "novios/as prematuros/as" —si nos ponemos intensos en cuanto a compromiso, etiquetas y sentimientos—, vamos a espantar a la persona. El objetivo de una relación es amar de tal forma en que el otro se sienta libre y nos elija por su propia voluntad. Además, si nos apresuramos demasiado, se generarán expectativas que luego no se podrán sostener, o que incluso pueden no ser reales, porque nos proyectamos *con la idea de una persona* que no existe.

Por eso, debemos darnos tiempo para conocer a la otra persona. Si expresamos sentimientos profundos en las primeras citas, es común que el otro se sienta presionado a retribuirlos y por eso se distancie. Desde luego que debe haber una intención clara, un interés evidente, pero no nos metamos de cabeza, porque un "Te amo" a destiempo, lejos de generar algo lindo, genera incomodidad, presión y rechazo.

Ganado, y cómo evitar competir por amor

El *ganado* es la lista de potenciales prospectos de pareja o personas con las que se está saliendo a la vez. No debemos competir con otros por la atención de una persona, porque eso disminuye nuestro valor de manera automática y terminamos siendo *ganado* nosotros también.

Si aparece alguien más en la vida del otro, lo mejor es actuar con indiferencia y confiar en nuestro propio valor. De otra forma, nuestro valor percibido baja y la otra persona no nos valorará. Esto afecta nuestra propia autoestima, porque comenzamos a esperar que el otro nos valide.

Nuestra vibra debe ser asumirnos como la mejor opción que el otro tiene a su alcance, y ser la mejor versión de nosotros mismos, para que esa persona nos elija. Nuestro objetivo es ser valorados y seleccionados por nuestras cualidades, no por ser lo único disponible.

Me rechazó, me ignora... ¿Sigo luchando?

Cuando el vínculo aún no se ha formado —en la etapa del cortejo— tendemos a romantizar el concepto de *luchar por amor* y por eso caemos en la **ilusión de la acción**. Básicamente, creemos que más es mejor, que cuanto más hagamos, mejor será. Que, si demostramos al otro todo lo que podemos brindar y ser, nos va a querer.

¡ERROR!

Si caemos en esta ilusión, terminaremos buscando validación del otro, y con el tiempo eso afectará nuestra autoestima. Además, se genera **una relación flechada**, en donde uno pone todo el esfuerzo, y el otro recibe todos los beneficios. Es por eso que, cuando se está formando el vínculo, es importante que pongamos intención y demostremos que queremos conocer a la persona, pero también **darle al otro el espacio para demostrar que también quiere conocernos.**

Luchar por amor funciona en las películas, ¡pero no en la vida real! Lo único que logra es ponernos demasiado disponibles y que el otro se sacie. **AMBOS** deben demostrar intención de querer progresar en el vínculo. Debemos evitar ser quienes siempre inician la conversación, o quienes siempre intentan concretar la salida. Si saciamos a la persona no le damos lugar a proponer, a abrir su agenda, a facilitar las cosas para que avanzar en el proceso de conocerse. Si nos rechazan, nos ignoran, no demuestran claras intenciones en querer conocernos, debemos tener suficiente amor propio como para alejarnos. Porque, por más que nos hubiera encantado que sucediera, **si no es recíproco, ¿qué sentido tiene?**

Ghosting

Ghosting viene de *ghost* —fantasma en inglés—, y es el acto de desaparecer de la vida de alguien cual fantasma. ¡PUF! Dejar de responder mensajes, perder contacto o, inclusive, quedar *orbitando*, cuando una persona queda mirando las historias en las RRSS, pero no interactúa.

¿Por qué lo hacen?

Cuando se es inmaduro emocionalmente, es muy difícil tener conversaciones incómodas o decirle al otro "No quiero seguir conociéndote", y por eso es necesario escapar. Una persona que no puede tener esa conversación no podrá tener conversaciones aun más difíciles en el futuro. Le costarán la honestidad, la transparencia y, por sobre todas las cosas, la empatía.

A largo plazo, en una relación, esa persona tenderá a priorizarse a sí misma y a querer que el vínculo se construya alrededor de sus sentimientos y necesidades. Como no puede ser transparente, no puede comunicar lo que quiere tampoco, así que podemos adivinar que trae conflictos.

Recuerda: cuando nos hacen *ghosting* no tiene **nada** que ver con nosotros. Es una cuestión de incompatibilidad, relacionado con las preferencias y prioridades de ambos, **no con nuestro valor como personas**.

¿Por qué duele tanto?

Si nuestra autoestima está baja nos vamos a preguntar qué hicimos mal, en qué nos equivocamos, por qué nos pasa esto. Pero repítelo: no tiene que ver con nosotros. Cuando comienzan estas preguntas, es importante que callemos a la voz en nuestra cabeza, porque son las preguntas que nos bajan aún más la autoestima.

Por lo general, para una persona con baja autoestima la indiferencia genera interés y el rechazo, obsesión. Pero no importa por qué el otro desaparece: hay mil motivos posibles ajenos a nosotros. Tratar de averiguar las razones no es un buen camino para tomar porque puede que no sean tan claras. Por otro lado, puede no querer decírnoslo, puede haber alguien más, puede ser una persona inmadura emocionalmente, puede haber banderas rojas, etcétera. Muchas veces ni siquiera sabe por qué escapa. Puede tener traumas e inseguridades que no sabe que están ahí.

Lo único que podemos hacer, cuando nos *ghostean*, es continuar con nuestra vida sin mirar atrás. Nuestro trabajo no es adaptarnos a los deseos cambiantes del otro, sino ser auténticos con nosotros mismos.

Soy el que *ghostea*

NO LO HAGAS. Cuando estamos conociendo personas es importante tener responsabilidad afectiva. Es decir, actuar con conciencia del efecto que tienen nuestros actos, y manejarnos con respeto y tacto. Esto no quiere decir que debamos hacernos responsables de los sentimientos ajenos, o de si el otro se toma el rechazo de manera personal, o se pone triste. Nuestro trabajo es comunicarnos con honestidad, transparencia y tacto con lo que queremos.

En el momento en que nos damos cuenta de que el otro no nos gusta, de que no estamos alineados, de que no sentimos suficiente atracción, o no logramos proyectarnos con la otra persona, es importante practicar la responsabilidad afectiva. Si no tenemos más interés, debemos ser honestos y decirle a la otra persona: "Muchas gracias por los lindos momentos, pero no tenemos la química que busco en un vínculo. De ahora en más, no estaré disponible para conocernos. Te deseo lo mejor".

En otras palabras, le damos a la persona la posibilidad de cerrar el ciclo, y no son necesarias demasiadas explicaciones de nuestra parte. Simplemente nos toca expresar que no nos sentimos alineados. Si el otro se ofende o se lo toma a personal, si se obsesiona con formar algo con nosotros, sí podemos poner más distancia y ser más terminantes.

Debemos evitar hacer *ghosting*, porque no es algo que hable bien de nosotros. Es mucho más empático, maduro y adulto enfrentar una conversación que, en el peor de los casos, será incómoda. Sobre todo, es **más humano.**

No hagas lo que no te gusta que te hagan.

Comunícate con honestidad y, si no ves un futuro, dale la oportunidad al otro de pasar la página y poder avanzar.

Apertura emocional
vs. Búsqueda de atención

Muchas personas creen estar abiertos emocionalmente, cuando no es así. Quien tiene apertura emocional pone esfuerzo en conocer al otro, algo muy diferente a lo que hace quien solo busca atención o validación y descarte. Esta persona se queda en el chat y no concreta citas, generando falsas ilusiones y expectativas. Hay una incongruencia entre lo que dice y lo que hace. Para evitar a estas personas debemos prestar atención a lo que hace, en lugar de lo que dice.

Preguntas claves que debes hacerte cuando estás conociendo a alguien:

» ¿Se comunica de forma consistente y clara?

» ¿Hace lo que dijo que iba a hacer?

» ¿Abre su agenda y facilita las cosas para conocerme?

» ¿Dice cosas bonitas y avanza para conocerme en persona?

Muchas personas van a las redes sociales y a las *apps* de citas —también ocurre por mensajes de texto y en la vida real— a buscar atención. **Les gusta gustar,** pero quizás no nos ven como una potencial pareja. Solo disfrutan la atención que le brindamos, nos usan para validarse.

Si no está abierto emocionalmente
y solo busca atención, AHÍ NO ES.

CAPÍTULO V

Pasar a la relación

Enamoramiento vs. Amor

El enamoramiento se da en todo vínculo, por lo general al comienzo. Es un momento con algo de incertidumbre, de ansiedad y de variedad. Es la hora de la conquista, y dura entre seis meses y un año (en la mayoría de los casos). En esta etapa, todo es color de rosa, minimizamos los conflictos, todo es amor y deseo al máximo con emociones fervientes. **Pero** no conocemos a la persona real, durante esta etapa conocemos a "su mejor versión".

Durante el cortejo, ambos ponen esfuerzo extra para que las cosas salgan lo mejor posible, y también para minimizar los conflictos, porque los dos quieren que funcione. La solidez del vínculo ni de los sentimientos son seguras aún. No sabemos si se consolidará o si va a avanzar. Por eso, sin darnos cuenta, ponemos el mejor pie adelante. Cuando se es inmaduro emocionalmente, el enamoramiento ciega, porque uno idealiza, se obnubila y se deja abrumar por emociones fuertes. Inclusive, las personas inmaduras emocionalmente hacen promesas que no se saben si se van a poder cumplir.

Cuando son dos personas idealizando, ¡ten cuidado! Hay emociones fervientes y es muy fácil ignorar las banderas rojas y comportamientos tóxicos. Recuerda que hacemos todo lo posible para que las cosas salgan bien.

Es importante, **en esta etapa, no tomar grandes decisiones**. No comprometernos, no hacer proyecciones. Que un vínculo empiece bien, con emociones intensas, no quiere decir que seguirá así y se consolidará en el tiempo. Es una etapa de pasión y deseo, pero no significa que sea de amor.

Luego del enamoramiento, en general de la mano de los primeros conflictos, las personas sienten que ya han conquistado al otro, que están seguros en el vínculo, y con esto llegan la rutina, lo conocido y la costumbre. Es el momento en que comenzamos *realmente* a conocer al otro.

*Hasta el momento conocías al **representante**: ahora comienzas a conocer a la persona **real**.*

Esto sucede porque, cuando sentimos seguridad en la relación, dejamos de ser permisivos y podemos plantear lo que queremos. Perdemos la paciencia, dejamos de poner tanto esfuerzo, y así se pasa poco a poco a la rutina. Por eso es el momento en que se comienzan a ver los verdaderos colores de las personas: su manera de resolver conflictos o pedir disculpas; si tienen malos hábitos, toxicidad, agresividad... En definitiva, si es una persona sana o no.

Luego del enamoramiento, se da el *amor* real y genuino, más maduro, ya que es una **decisión no una mera emoción cambiante**. Elegimos al otro con sus virtudes y pero también con sus defectos para formar un proyecto de vida juntos a futuro.

El amor no es una mera emoción: es una decisión.

Aquí se consolida el vínculo, se alinean y negocian las prioridades, y el vínculo se proyecta a largo plazo.

Banderas rojas

Le llamamos *bandera roja* a los comportamientos tóxicos, destructivos, de autosabotaje, agresivos, irrespetuosos. En definitiva, a todo comportamiento negativo y peligroso que pueda presentar una persona. Es de las cosas **más importantes** a las que le tenemos que prestar atención a la hora de conocer potenciales parejas.

Las banderas rojas son un indicador de la moral, los valores y la integridad del otro. Si se empieza el vínculo con intensidad, celos, comportamiento obsesivo, posesivo, manipulador o controlador, empeorará con el tiempo y esto habla, en concreto, del tipo de persona con la que estamos tratando. Todas estas son banderas rojas y, cuantas más banderas rojas tenga alguien, menos apto será para tener una relación sana.

Expectativas **sanas** para amor **sano**.

Del mismo modo que no le puedo pedir al ladrón que no robe, o al mentiroso que no mienta, no se puede tener una relación sana con una persona tóxica. El error se da cuando ponemos expectativas sobre una persona que no quiere o no puede cumplirlas por su falta de valores o inmadurez emocional.

Es importante no ignorar cuando el otro nos muestra sus verdaderos colores, cuando muestra su lado tóxico. Durante el enamoramiento, es típico que este tipo de personas enmascaren sus banderas rojas y que con el tiempo tengamos la sensación de que han cambiado. La realidad es que no lo han hecho, sino que se han **desenmascarado**. Solo se puede ocultar por un tiempo limitado cómo uno es en realidad. Y, cuando se cae la máscara, conocemos al verdadero yo del otro.

Te aconsejo que te preguntes algunas cosas:

» ¿Cuáles son sus valores?

» ¿Es leal?

» ¿Es una persona honesta?

» ¿Se compromete y mantiene los acuerdos?

» ¿Tiene integridad de palabra?

» ¿Hace lo que dice que va a hacer, o se contradice?

» ¿Avanza y retrocede de forma ambivalente?

» ¿Tiene comportamientos de engaño?

» ¿Tiene comportamientos tóxicos (por ejemplo, celos irracionales, manipulaciones, si es una persona controladora o posesiva)?

» ¿Resuelve conflictos de modo confrontativo, o bien necesita imponerse, gritar, actuar de forma dictatorial?

» ¿Es arrogante?

» ¿Tiene cargo de conciencia cuando hace las cosas mal?

» ¿Es una persona cerrada en sí misma?

» ¿Es intransigente e intolerante?

» ¿Puede pedir ayuda?

» ¿Puede validarte y escucharte?

Para ver las banderas rojas es importante prestar atención no solo a cómo nos trata a nosotros, sino también al resto de personas. Recuerda que todos tenemos nuestra forma de ver la vida, y cómo tratamos a los demás indica cómo vamos a tratar al vínculo también. En otras palabras: si se comporta de una forma con uno, y de otra forma con los demás, es porque no ha entrado aún en confianza. Cuando lo haga, después del enamoramiento, el trato especial se acabará, y tarde o temprano nos tratará igual que al resto. Si engaña a otros, nos engañará a nosotros también; si miente a otros, nos mentirá; etcétera.

Luego del enamoramiento es que se empiezan a ver los malos hábitos, la toxicidad. En definitiva, si la persona está o no apta para tener una relación sana. Las banderas rojas no son solo comportamientos: también se manifiestan en palabras. Algunas frases clásicas que escucharás de personas tóxicas son:

» *Todas mis exparejas estaban locas.*
» *Siempre lastimo a la gente que está en mi vida.*
» *Siempre me engañan.*
» *Engañé a todas mis exparejas.*
» *Soy muy mentiroso.*
» *Tengo problemas para las relaciones.*
» *No sé lo que quiero.*
» *No quiero hacerte sufrir.*
» *Mereces algo mejor.*
» *Estás perdiendo el tiempo conmigo.*
» *No superé a mi ex.*
» *Soy tóxico/a.*
» *Tengo miedo a ser feliz.*
» *Soy narcisista.*

Recuerda que tu trabajo no es arreglar al otro, ni convencerlo, ni esperar que madure. No es un reto. La persona debe querer cambiarse a sí misma. No le des chances si ves banderas rojas. No pierdas tu tiempo. No creas que contigo será diferente, ni que cambiará por todo el amor que puedes dar. No debemos aceptar "justificaciones" para los malos tratos, como *Tuve una mala vida*, o *Tuve una mala infancia*.

No ignorar sus verdaderos colores es de las cosas más importantes que debemos aprender. Todos actuamos con base en nuestro sistema de valores y creencias en piloto automático, tanto de forma positiva como negativa, y muchas veces no nos damos cuenta. Los tres elementos primordiales a los que tenemos que prestar atención son: cómo actúa cuando tiene poder sobre otras personas, cuán responsable emocionalmente es en cuanto a los roles que tiene y cómo actúa cuando la persona ya no aporta valor en su causa. Estos tres ejes te ayudarán a ver los verdaderos colores de cualquier persona.

Cuando una persona necesita tener control sobre ti

Un indicador de que el otro quiere tener control sobre nosotros es que solo está feliz si cedemos a todas sus demandas, peticiones y necesidad de atención. Mientras que, en el momento en el que demostramos un gramo de independencia emocional, se lo toma personal. Es normal que busque castigarnos, por ejemplo, con la ley del hielo, con silencio y distancia. De esta forma logra manipularnos para que volvamos a ceder, y esto le da control sobre nosotros.

Muchos lo hacen sin darse cuenta, es su *modus operandi* por propia inmadurez emocional. Por eso es importante que estemos alerta a las personas que priorizan su sentir por sobre el nuestro. Cuando nuestras emociones son totalmente invalidadas, minimizadas o inclusive despreciadas, esa persona está mostrando falta de empatía que a largo plazo nos va a causar mucho dolor.

Las personas más tóxicas

A este tipo de personas las llamaremos *Triple E*: ególatras, egoístas, egocéntricas. Su característica número uno es que tienen un enorme sentido de la importancia. Es decir que se creen mucho más importantes y mejores que los demás. Suelen victimizarse mucho pues, en sus cabezas, su sentir es más importante que el del resto.

Algunas frases que puedes escuchar de ellos, y que también puedes ver en su actitud, son:

» *No vas a encontrar a nadie como yo.*
» *No vas a poder vivir sin mí.*
» *Nadie te va a amar tanto como yo.*
» *Te voy a dar la mejor experiencia de tu vida.*
» *Te voy a dar el mejor sexo de tu vida.*

La segunda gran característica es que carecen de empatía. No entienden ni se interesan por el sentir ajeno, no tienen responsabilidad afectiva, mienten y hieren sin escrúpulos.

La tercera es que tienen una gran necesidad de alabanza y atención, todo el tiempo. Por eso alardean de lo que han logrado, pese a que en muchas ocasiones no hayan logrado nada significativo. Fingen estatus y, si no encuentran validación contigo, la buscan en alguien más.

El gran problema de estas personas (para nosotros) es que les basta un momento de vulnerabilidad para atraparnos y justificar sus malas acciones y comportamientos abusivos. Como nosotros sí tenemos empatía, terminamos asumiendo la culpa y la responsabilidad de sus malos comportamientos.

La razón por la que nos aferramos a este tipo de personas es que creemos que van a cambiar, que pueden mejorar. O por la esperanza de volver al inicio de cuento de hadas. Así, caemos en justificar lo injustificable, aun cuando en términos generales los comportamientos tóxicos solo empeoran con el tiempo. No es raro que se genere un círculo vicioso: Manipulación › Esperanza › Decepción › Manipulación. Por ejemplo: dicen lo que queremos escuchar, nos bombardean con amor, prometen que han visto sus errores y que cambiarán. Nosotros lo creemos, apostamos otra vez por la relación, y los comportamientos tóxicos vuelven a aparecer al corto tiempo. Vuelven a pedirnos perdón, y así el ciclo comienza otra vez.

Recuerda que, si te manipula y te engaña, **no tiene nada que ver contigo**. Tiene todo que ver con su sistema de valores, que ya era así mucho antes de cruzarnos en su vida.

Son personas peligrosas, porque tienen un gran poder de observación y de imitación. Nos dirán exactamente lo que queremos escuchar, y lo sabrán porque damos mucha información sin darnos cuenta y saben identificarla. Para este tipo de personas, cada grano de información es una munición que luego cargarán para manipularnos. Harán uso de todo: desde el llanto, el afecto, las promesas vacías, el bombardeo de amor y el falso arrepentimiento, hasta las amenazas.

Es importante que entiendas que en estos casos **no hay esperanza**. Sí, apocalíptico: no hay esperanza, no se puede cambiar a este tipo de personas. Ya lo he repetido varias veces desde que comenzó este libro, pero lo haré una vez más, porque es necesario grabarlo a fuego: una persona solo cambiará si quiere cambiarse a sí misma. No tenemos control sobre el otro, no podemos arreglarlo a nuestro gusto. Sobre todo, con este tipo de personas, es una pérdida de tiempo y energía, porque no suelen querer cambiar, son víctimas de su vida y toda la responsabilidad de cuanta cosa mala les ocurra es de los demás. No piden disculpas, sino que justifican sus actos.

Lo único que podemos hacer es **tomar distancia**, porque nos causarán mucho dolor cuando pasemos la etapa del enamoramiento. Además, pasada esa etapa, es difícil alejarse: suelen no dejarnos ir así nomás. Al tiempo perdido en la relación, debemos sumarle el tiempo que nos tomará sanar, recuperar nuestra identidad, volver a abrirnos emocionalmente, aprender a confiar otra vez. Se nos va mucha vida con estas personas. Así que, cuando las reconozcas, ¡mantenlas alejadas! Son muy dañinas para tu salud emocional y no valen la pena.

Miedo a que no resulte

Nuestro peor enemigo a la hora de conocer personas es nuestra propia inseguridad de no lograr conquistar o consolidar el vínculo con esa persona. Esta inseguridad aparece cuando tenemos expectativas muy altas, o cuando tenemos baja autoestima. A esto, nuestra respuesta es tratar de sobrecompensar, algo que se lee como un comportamiento de necesidad y baja autoestima. Así, acabamos autosaboteándonos, porque no es atractivo ni para hombres ni para mujeres.

Debemos hacer el truco del príncipe (o de la princesa). Imagínate en ese lugar de recibir ofertas, evaluarlas, y tener el único trabajo de seleccionar *la mejor opción*. Ninguna es una prioridad mientras que no haya compromisos. Todas las opciones están a prueba y tienen que demostrar su valor para que tú, que eres realeza, decidas cuál merece tu atención, tu esfuerzo y tu tiempo. Esta mentalidad de realeza nos ayuda a preocuparnos menos, porque el miedo surge cuando nos ponemos en el lugar del evaluado. Si hacemos este truco, nos paramos del lado del evaluador. La idea no es decirle al otro que es una opción, ni que no es una prioridad. Bastará con que tú lo sepas para que vibres como una persona de alto valor.

El filtro no debe ser "Si la persona quiere, yo también", sino: "¿Esta persona aporta valor a mi vida? ¿Somos compatibles? ¿Vale la pena invertir en este vínculo?". La respuesta debe ser un "¡Sí!" rotundo. Y, si nos pregunta qué queremos, la respuesta no debe ser

"Una relación", sino: "Estoy buscando una relación, pero tú y yo recién nos estamos conociendo. Ojalá sea contigo, pero aún no lo sé".

La idea no es jugar, sino no tener una vibra de necesidad de validación, conectar con el otro de forma paulatina y con claras intenciones. Evita las confesiones de amor demasiado temprano, son una clara muestra de inseguridad y necesidad.

La consumación es enemiga del deseo

Gran parte del juego de seducción se sostiene en el deseo, por el anhelo de aquello que todavía no hemos descubierto o alcanzado. La naturaleza humana disfruta de la persecución y de la sensación de victoria. Valoramos más aquello que nos ha tomado trabajo que lo que se nos ha dado de forma gratuita o en bandeja de plata. En contraparte, si nos dan todo de un solo bocado (esfuerzo, atención, intimidad), es muy probable que acabemos desvalorizando todo aquello que nos están ofreciendo. No lo hacemos de forma consciente ni con malicia: simplemente comenzamos a sentirnos abrumados, a empalagarnos. Por esto es importante darle tiempo al vínculo para que se consolide, abriendo una puerta a la vez en el camino hacia nuestro corazón. Sentimos adrenalina y entusiasmo —y también nos da una pizca de obsesión por el otro—al tener casi al alcance de la mano lo que deseamos, pero faltando un milímetro. Claro que no se trata de privar al otro de la intimidad física y/o emocional, sino de ceder terreno de a poco.

Esto también aplica a las relaciones ya consolidadas, en donde hay que buscar espacios individuales para extrañarse y mantener viva la llama de la espontaneidad. Aunque suena contraintuitivo, hay que evitar que el otro sienta que ya nos tiene ganados, garantizados, y que no nos dé por sentados. Es importante regularnos a nosotros mismos para no saciarnos mutuamente.

Recuerda que, si nos sirvieran nuestro postre favorito todos los días, nos cansaríamos de él. ¡No es por nada que solo comemos pan dulce en navidad y año nuevo!

Estándares: los no negociables y los límites sanos

Antes que nada: no, no se trata de cosas como solo salir con gente adinerada o solo con gente muy guapa. Eso es un síntoma de estar cerrado emocionalmente (capítulo 3). No. Los estándares se relacionan con cómo queremos ser tratados, lo mínimo que esperamos y lo máximo que toleramos en materia de respeto, de cuánto nos valoran. Esta es la famosa "vara", lo mínimo que vamos a aceptar de una persona para tener cualquier tipo de vínculo.

Algunos estándares que considero todos debemos tener:

» Que no me grite.
» Que no me golpee.
» Que no me engañe.
» Que no me desvalorice.
» Que no me humille.
» Que no me insulte.
» Que no se burle de mí.
» Que no me mienta.
» Que valore mi esfuerzo, mi tiempo, mi trabajo.
» Que no pretenda ejercer control sobre mí con celos irracionales y posesivos.

Es una cuestión de moral y de valores.

Vas a ser el amor de mi vida,
siempre y cuando respetes mis límites.

Los límites pueden ponerse de forma verbal o física. No hablo de golpes, sino de levantar la mano en señal de alto o removerse del lugar, irte de la habitación, cortando el teléfono. Por ejemplo, si durante una discusión el otro nos trata de forma agresiva, podemos darle un ultimátum: "No me gusta que me hables así. Si lo haces, me iré de la habitación". Es **clave** cumplir con la palabra propia. Si no lo hacemos, es aún más dañino que no poner el límite, porque demostramos que pueden cruzarlos y no sucederá nada. Nos convertimos en perro que ladra y no muerde.

Es importante expresar los límites para que la persona sepa cuáles son nuestros estándares. Por ejemplo, si el otro llega una y otra vez tarde a citas: "No me gusta que llegues siempre tarde, siento que no se está respetando mi tiempo por favor no lo vuelvas a hacer". Nótese que lo cortés no quita lo valiente.

Debemos marcar el límite y darle al otro el espacio para que lo respete. Si no lo respeta es que tenemos que repetir nuestro mantra: "Te quiero, pero más me quiero a mí", y terminar ese vínculo. Recuerda que las personas nos tratan como nosotros toleramos. No toleres, por no perder al otro, cosas que a largo plazo destruyen la autoestima.

La única forma en que podemos ayudar al otro a corregir sus comportamientos tóxicos es a través de límites. Si no los ponemos, estamos validando y premiando esos mismos comportamientos.

Los límites son unilaterales: no requieren aprobación.

Si algo nos duele y nos lastima, lo expresamos y debe ser respetado. La persona tóxica querrá correr ese límite de manera constante: es importante **no dejarla**. El otro debe saber que, si cruza nuestros límites, nos iremos para no volver.

La vida nos presenta oportunidades para hacer prevaler nuestros estándares. Recuerda que, si cedemos en ellos para mantener la paz, estamos actuando en contra de nuestro objetivo y nuestros valores de amor propio, porque estamos alimentando aquello que no toleramos y que nos hiere.

Es necesario marcar límites por el bien de la relación.

Si sientes culpa, no significa que estás haciendo algo mal. Mantener nuestros límites sólidos es la única forma de que nos traten como queremos que nos traten.

CASO DE ESTUDIO

Eduardo venía de una familia muy exigente, en donde su madre lo castigaba mucho. Así, creció con la costumbre de ajustar su discurso por el miedo a hacer enojar al otro de alguna forma. Esto no quiere decir que Eduardo mintiera, sino que modificaba detalles mínimos para evitar conflictos.

Este patrón se trasladó a sus relaciones —todo tipo de vínculo, no solo de pareja. Después de todo, Eduardo evitaba el conflicto de manera permanente.

Cuando comenzó a salir con Abril, todo parecía de ensueño para ella. A Eduardo le gustaba el sushi igual que a ella —aunque en realidad no le gustaba nada—, *justo* no había visto las películas de la cartelera que a ella le faltaba ver —aunque en realidad había visto la mayoría—, y no había ido aún al nuevo restaurante del centro —pero sí había ido, con su ex—. Parecía que estaban hechos a medida.

Claro que las mentiras no eran sostenibles por demasiado tiempo, y eventualmente comenzaron a aparecer los conflictos típicos de una pareja. En el instante en que Eduardo notaba que Abril se ponía tensa, ajustaba su discurso para calmarla. Pero ella comenzó a notar el patrón, y le dejó muy en claro que, si algo no toleraba, era la mentira. A Eduardo le había quedado claro: si no cambiaba su comportamiento y dejaba de mentir, perdería a Abril.

Como un hábito no se modifica de la noche a la mañana —menos todavía si se relaciona con un terror enorme al abandono—, cada tanto volvía a mentir en tonterías, como su color preferido. Era la necesidad de ser el hombre perfecto para Abril lo que iba a hacer que la perdiera.

Ella comenzó a desconfiar mucho de Eduardo, que jamás había sido infiel, ni al que le interesaba serlo. De lo que desconfiaba Abril era de quién tenía al lado. ¿Lo conocía de verdad? Si todo lo que le decía era una fabricación, ¿cómo sabía cuáles eran sus verdaderos valores?

Lo que tanto temía Eduardo, sucedió: lo dejó.

Pasaron varios meses de comunicación esporádica en los que se dedicó a hacer terapia y reflexionar sobre por qué mentía tanto y, con el tiempo, Abril notó el cambio y decidió darle una segunda oportunidad. Eduardo ahora decía lo que en realidad estaba en su corazón, y no lo que creía que a los demás les podía gustar.

Si poner límites nos da culpa

Muchas veces sentimos que al marcar límites estamos siendo demasiado exigentes, egoístas e injustos con nuestra pareja. Pero marcar límites **no es decirle al otro cómo debe comportarse**, sino expresarle cómo queremos ser tratados, qué es lo mínimo que aceptamos y lo máximo que toleramos en el trato.

Pareja de alto valor

Una pareja de alto valor es aquella que es compatible, en la que hay responsabilidad afectiva, la que comparte proyectos de vida juntos en crecimiento, un propósito y en la que uno ayuda a crecer al otro y viceversa. En otras palabras, la atracción y el amor no bastan: también tiene que haber compañerismo y evolución juntos. Hay **tres pilares fundamentales de una pareja de alto valor: Estabilidad,** lo cual implica proyecciones juntos ininterrumpidas, sin subidas y bajadas, con consistencia. **Compatibilidad,** expectativas de pareja alineadas, necesidades emocionales y sexuales compatibles, y proyectos individuales y de pareja compatibles. **Compromiso** desde la honestidad. Que se genere confianza y respeto mutuo, manteniendo los acuerdos de la pareja.

Estos tres pilares están anexados por la **comunicación desde el amor,** seguida por la reciprocidad y la empatía. Así, el amor va progresando hacia un vínculo de alto valor.

El amor no es una emoción: es una *decisión*.

El amor es la decisión de mantener los acuerdos de pareja, de ser leal, de elegir a la persona con sus virtudes y defectos para alcanzar un proyecto de vida en conjunto. Este tipo de amor es **maduro** y se construye desde la libertad, el respeto y la confianza (no desde la posesión, el control y la codependencia). Es un vínculo en el cual ambos se aportan valor mutuamente.

RONDA DE EJERCICIOS

Es normal que no tengamos claras cuáles son nuestras expectativas en la pareja, ni tampoco sepamos las de la otra persona. A continuación, te dejaré un cuestionario que sirve para conocernos y para conocer al otro; para saber en dónde está cada uno parado.

1. ¿Cómo quiero que mi pareja se comporte?
2. ¿Qué virtudes tiene la pareja que quiero?
3. ¿Estoy dispuesto/a sacrificar cosas para que la relación prospere?
4. ¿Quiero todo a mi modo o puedo ceder?
5. ¿Qué quiero sentir en la relación?
6. ¿Qué necesito y quiero de la relación?
7. ¿Cómo quiero conectarme con el otro?
8. ¿Qué es para mí una pareja? (Modelo esposo-esposa/poliamor/pareja abierta/etcétera).
9. ¿Qué roles espero tener y que tenga el otro?
10. ¿Qué espero del vínculo?
11. ¿Cuáles son mis necesidades individuales que no cederé por la pareja?
12. ¿Valoro más el tiempo de calidad en pareja o el tiempo en soledad?
13. ¿Cómo me gustaría organizar las finanzas de pareja?
14. ¿Qué no toleraré?
15. ¿Cuáles son mis valores asociados al vínculo?
16. ¿En qué proyectos de pareja me gustaría participar?
17. ¿Cómo describiría un día perfecto en pareja?
18. ¿Cómo describiría un día perfecto personal?
19. ¿Cuál es mi lenguaje del amor? (Hablaremos de ellos en el capítulo 6).
20. ¿Cómo me siento más conectado?

Se trata de un ejercicio de reflexión. No hay respuestas correctas o incorrectas. El objetivo de este cuestionario es poder hablar y limar asperezas en pareja, para generar mayor compatibilidad en el vínculo y que este prospere en el tiempo.

El primer paso

Esta es la etapa de construcción en la que debemos *dar* y, valga la redundancia, construir junto con el otro. Entrar a un nuevo vínculo pensando solo en nosotros mismos es entrar con el pie izquierdo, porque todo gira en torno a nuestras necesidades emocionales y demandas, y así podemos olvidar las del otro.

Es importante comenzar la relación con la intención de trabajar en equipo, de forma conjunta y recíproca, para que la relación perdure en el tiempo. La clave es crear más motivos para quedarse que para irse. Es inevitable que haya momentos de crisis. Sin proyectos en común, no hay amor, compañerismo, buenos momentos, ni valores en común. Es muy fácil abandonar el vínculo sin mirar atrás.

Fórmula para avanzar con el vínculo

Una relación sana es fácil de alcanzar si seguimos una fórmula sencilla y respetamos los tiempos de la relación.

Etapa 1: Cortejo

Una etapa que dura aproximadamente entre dos y cinco meses, máximo un año. Es una etapa de eliminación, en la que debemos prestar atención a las banderas rojas y a los comportamientos tóxicos e inmaduros (lo cual no implica dejar de evaluar esto a futuro, pero al principio del vínculo es muy importante para no invertir con la persona equivocada). Evaluar si la persona está disponible (capítulo 4), lo cual implica que no esté en pareja.

Etapa 2: Consolidar el Compromiso

Esta es la etapa de la selección y dura entre 3 meses y un año, máximo. Lo que está en tela de juicio para decidir formalizar es si somos compatibles con el otro. Es decir, entre los que hayan pasado la ronda de eliminación, los que no tengan banderas rojas y estén disponibles, pasamos a evaluar si son la persona *correcta* para nosotros, en base en lo que ambos queremos y esperamos de una relación.

A su vez, esta etapa es buena para evaluar si la persona está lista para asumir el compromiso de un modo maduro y con responsabilidad emocional. Lo cual implica que sea un persona que demuestra claras intenciones en lo que quiere y se comporta como tal.

Etapa 3: Mantener el compromiso

Esta es la etapa de construcción, pero de construcción **juntos**, con la persona indicada. El momento de dar y recibir, crecer juntos, apoyarse uno a otro. Muchas personas se apresuran y quieren llegar a la etapa 3 sin pasar por las anteriores dos. El problema es que, si nos las saltamos, no hemos filtrado y corremos muchísimo peligro de caer con una persona tóxica. Tampoco hemos seleccionado y podemos terminar con un "casi algo", alguien que no está alineado con nuestras expectativas de pareja.

Nuestro trabajo no es forzar a la persona ni acelerar las cosas, sino *conocer* al otro y ver si está a la altura de la relación sana que queremos. Debemos sentirnos conectados con la persona con base en el tiempo de calidad que pasamos juntos. Más adelante hablaremos de los lenguajes del amor, muy importantes en esta etapa. Debemos sentirnos compatibles con el otro en cuanto a necesidades emocionales, expectativas y proyecto de pareja. Es decir: tenemos que querer lo mismo, estar direccionados hacia el mismo lugar. También debemos asegurarnos de que la persona está lista para el compromiso y que lo que dice sea congruente con lo que hace.

Cosas que sí:
» Es una persona abierta emocionalmente y puede ser cariñosa y afectuosa.
» Se porta como novio/a de forma consistente.
» Demuestra esfuerzo, intención y reciprocidad en formar algo serio.
» Tiene intenciones claras.
» Me trata como una prioridad y abre su agenda.
» Se muestra en público conmigo, tanto en persona como en las redes.
» Me involucra en su vida y en sus proyecciones futuras.
» Está pronta para avanzar en el compromiso.

Cosas que no:
» Tiene actitudes de ocultamiento.
» Se muestra soltero/a.
» Me trata como plan b.
» No soy una prioridad.
» Me da señales confusas.
» La comunicación es intermitente.
» Hay ambivalencia e inconsistencia con lo que quiere.
» Demuestra indiferencia en el trato.

TEST:
¿ESTÁ LISTO/A PARA EL COMPROMISO?

Las demostraciones palpables de que se está listo para el compromiso son necesarias para generar estabilidad y seguridad en la relación. Sin eso, es muy fácil que, a las promesas vacías, se las lleve el viento. Si bien nada garantiza que la persona se quede para siempre, cuanta más inversión y compromiso haya, más se prolongará el vínculo.

Algunas demostraciones tangibles de esto en la primera etapa de la relación:

» Se comunica de forma fluida.

» Abre su agenda para conocernos.

» Se esfuerza por atender a fechas especiales, como mi cumpleaños.

» Quiere presentarme a su familia y a sus amigos.

Para las siguientes etapas, las demostraciones tangibles son proyectos tangibles en común. Puedes ver ejemplos en el anexo de este libro.

CAPÍTULO VI

Mantener una relación sana

Cualquier relación puede durar en el tiempo, sea buena o mala. Es más: podría hasta decirse que las parejas tóxicas se prolongan más que las sanas en el tiempo, porque solo se dedican a tolerar maltratos y faltas de respeto por la eternidad, hasta que la pareja sigue vigente en papeles, pero muerta por dentro.

Por otro lado, el secreto para que una relación **sana** perdure es que aporte valor a nuestra vida mutuamente de un modo no posesivo, y que se construya desde la libertad, el respeto, la confianza y el amor propio.

El secreto es asociar al otro con el amor en los momentos buenos y en los malos.

Cuando todo va viento en popa, es muy fácil asociar a nuestra pareja con el amor. Después de todo, es un viaje de disfrute y sentimientos positivos. Pero cuando aparecen situaciones desafiantes que atraviesan a la pareja, es igual de fácil encontrar en el otro la culpa de todos nuestros males.

En una pareja sana hay apoyo mutuo: se trata de un equipo, no de rivales. Por eso es tan importante aprender a resolver los conflictos de modo no confrontativo —te enseñaré cómo, un poco más adelante—. Así, la relación prospera y, cuando pensamos en el otro, más allá de los defectos que todos tenemos, la primera asociación será con necesidades emocionales satisfechas, con proyectos de pareja, con crecimiento mutuo, con **amor sano**.

Con el tiempo, la pareja deberá avanzar a nuevos proyectos y objetivos, a una nueva etapa y es importante que ambos integrantes sientan que alcanzan **juntos** nuevas metas, una a una. Si no hay sentido de progreso, no importa la etapa en la que nos encontremos de la vida, el vínculo no perdurará. Al menos no de forma sana. Parejas que crecen juntas, es más factible que se mantengan unidas.

Las tres causas de todo conflicto de pareja

Todo conflicto de pareja tiene dos niveles: el superficial (un falso motivo de pelea, como que quedaron sucios los platos de la cena, que salen tarde a un evento, que le dio *me gusta* a una foto en las redes sociales), y la causa real. Salvo contadas excepciones, hay tres causas reales que se esconden tras conflictos superficiales:

1. Expectativas de pareja no aclaradas. Lo que esperamos de un vínculo no es lo que recibimos. En el ejemplo de los platos, la expectativa insatisfecha es que el otro acompañe en los quehaceres del hogar. El mensaje detrás de la queja es que nos sentimos solos en las tareas.

2. Miedos e inseguridades. Tal como suena, la queja surge de una inseguridad o un miedo. Por ejemplo, en el caso de los me gusta en fotos en redes, lo que está detrás es el miedo de que nuestra pareja nos abandone o nos engañe. Nos sentimos inseguros en el vínculo.

3. Necesidades emocionales insatisfechas. Imaginemos que nuestra pareja llega tarde a la cita y reclamamos. Detrás se esconde la necesidad de pasar más tiempo de calidad y de sentirse amado en el vínculo. El conflicto superficial puede ser que tenemos un humor de perros, y que la causa real sea que nos falta sentir afecto, cariño, intimidad con el otro.

Por lo general, las parejas atacan el conflicto superficial y esto no resuelve nada. Si se limpia el plato, pero no se aclaran las expectativas de pareja, es cuestión de tiempo hasta que se repita la discusión. Solo si vamos a lo profundo y tratamos el conflicto real, el problema quedará resuelto.

Los comportamientos que matan al vínculo

De más está decir que cada pareja es un mundo, y que si una relación se termina puede ser por mil motivos diferentes. Pero sí hay cuatro motivos principales que veo repetidos todo el tiempo en sesiones individuales.

Microviolencia

Hay varias formas de microviolencia, pero en definitiva se resumen en acciones que buscan hacer enojar o herir al otro **de forma activa y consciente**. Por ejemplo, al pedir que saque la basura, no sacarla adrede; o contestar mal frente a otras personas para que el otro pase una situación incómoda.

Indiferencia

Una de las claves de una pareja feliz es el sentido de importancia. Es decir, que uno sienta que es importante para el otro y viceversa. Le da intimidad emocional y conexión a la pareja. La indiferencia rompe con esta retroalimentación y congela el vínculo, lo hiere.

Negligencia

Esto suele ocurrir cuando se termina el enamoramiento, cuando nos relajamos y estamos muy tranquilos de que el otro es terreno conquistado, y que no se irá de nuestro lado, porque hay un gancho, hay inversión emocional y de tiempo. Así, encontramos personas que tratan mejor a su auto o a su mascota que a su pareja o que descuidan el vínculo, porque sienten que no tienen *por qué* esforzarse.

Desprecio

Tan horrible y dañino como suena, el desprecio es ir más allá de la negligencia (no sumar) y restar al vínculo, buscar herir, humillar al otro. El desprecio afecta en profundidad la autoestima de una persona. Si activamente buscamos hacer sentir al otro que no es nada, que es menos que nada, hacemos mucho daño. Puede ser algo tan cotidiano como no ser agradecidos ante gestos de amor, o tan pequeño como una ceja levantada de forma peyorativa frente a una expresión de sufrimiento.

Los miedos arruinan relaciones

Una vez que filtramos a toda potencial pareja con banderas rojas, y pasamos las etapas de selección y eliminación, entramos en el momento en que debemos evitar el autosabotaje, para que la relación se fortalezca. Es decir, debemos resolver nuestras emociones negativas con la conciencia de que vienen de nuestros miedos e inseguridades.

Es muy común verlos en comportamientos posesivos, por ejemplo. Esto no quiere decir que la pareja sea mala o incompatible. Repito: ya hemos dejado atrás el filtraje, y deberíamos estar con una persona compatible con nosotros, con estándares y buenos valores, y que no presente banderas rojas.

La razón por la cual el comportamiento posesivo es problemático es que no le da al otro el espacio para amarnos desde la libertad. No lo hace sentir respetado. También nos quita a nosotros la posibilidad de ver si la persona está a la altura de la relación que deseamos tener.

Para que el autosabotaje no ocurra, debemos trabajar en nosotros mismos, asegurarnos de que el otro no sea el centro de nuestro universo, porque es mucha presión para el vínculo y la toxicidad que llevamos dentro explota con facilidad. El primer paso para combatirlo es evitar actuar de modo impulsivo. Es decir, no reaccionar sin pensar y abrumados por nuestras emociones (capítulo 2). La ansiedad y el miedo son irracionales, y nuestra mente busca evitarlos, aunque sea contra nuestro propio beneficio. El autosabotaje y los comportamientos autodestructivos son mecanismos que activamos para hacer eso, porque eliminan el malestar en el momento, pero traen consecuencias negativas. Por ejemplo, cuando controlamos al otro y buscamos poseerlo, esto nos calma la inseguridad y el miedo a que nos deje, pero tomamos un rol invasivo y violento en la pareja que nos lleva, de a poco, a transformar la relación en tóxica. Así caemos también en adicciones, sustancias que lastiman nuestro cuerpo, y que nos quitan la ansiedad, inseguridad y/o el miedo.

La única forma de salir de ese lugar es enfrentar ese miedo —a la soledad, al abandono, a no ser suficiente, a no ser amado, etcétera— y aprender a tolerar la incomodidad. Me gusta decir que debemos flotar en esa incomodidad y aprender a soportarla y gestionarla. Cuanta menos importancia le damos a estos pensamientos intrusivos, menos control tienen sobre nosotros. Debemos recordar que nuestra pareja nos eligió, y que la lucha ocurre entre lo que quiero a largo plazo y lo que quiero ya. Es decir, podemos actuar en favor de una relación sana y feliz (objetivo a largo plazo), o en favor de nuestra comodidad actual (objetivo a corto plazo), tomando en cuenta que si escapamos de la incomodidad, dañaremos el proyecto de pareja.

RONDA DE EJERCICIOS

Te propongo dos ejercicios muy simples para lidiar con el comportamiento impulsivo. El primero es hacer uso del *espacio*. Es decir, cuando sientas el impulso controlador, posesivo y/o agresivo, pide a tu pareja espacio, un tiempo para que la espuma baje y poder actuar con mayor conciencia. Asimismo, da espacio a tu pareja para lo mismo.

El segundo ejercicio, también muy simple, involucra un cuaderno —funciona igual de bien un archivo en el teléfono, una agenda, lo que te resulte más cómodo—, en el que escribirás lo que sientes. La idea es dejar en el papel la capa agresiva y entender qué esconde nuestra actitud.

Comunicación asertiva

Uno de los bastiones más importantes de una pareja sana es la comunicación, y para que esta sea exitosa, son necesarias algunas reglas. Cuando nos comunicamos, debemos hacerlo desde el amor, y también debemos *escuchar con compasión y empatía*, algo que muchos olvidan a la hora del intercambio con el otro. Lo que se busca no es vomitar lo que nos pasa, y que nuestra pareja sea un receptor nada más, sino generar un canal de comunicación abierto, honesto, sano y fluido. Este canal es el nexo entre los pilares de una relación sana —con estabilidad, compatibilidad y compromiso—. Aunque los pilares no sean *per se* un conflicto, si no sabemos comunicarnos con amor, y se avería el canal, nunca vamos a entender en dónde estamos parados como pareja y no lograremos limpiar las asperezas naturales de todo vínculo. Así no lograremos alinearnos ni construir proyectos, por el simple hecho de no entendernos con el otro.

Es importante que *ambos* construyan el puente comunicacional. Es decir, uno habla desde el amor, el otro escucha con empatía, y se invierten los roles llegado el momento. Recuerda que nadie es perfecto. Para que la relación prospere y sea sana, es necesario que ambos acepten sus debilidades y las del otro. En definitiva, **si queremos empatía y amor, debemos dar empatía y amor.** No se puede pedir algo que no estamos dando.

Escucha con empatía

Antes de aprender a hablar,
debemos aprender a escuchar.

No por nada tenemos dos orejas contra una boca. En primer lugar, todo en una pareja es un ida y vuelta. No podemos esperar que el otro nos escuche si no escuchamos primero. A través de la escucha activa tenemos el poder de hacer sentir a nuestra pareja una conexión que le genere seguridad en el vínculo. Hay pocas cosas más dañinas para una relación que, a la hora de expresarnos, encontrar una pared en la otra persona. Cuando alcanzamos, a través del intercambio, un entendimiento mutuo, la pareja gana seguridad y conexión, que nos permiten amar con mayor intensidad.

Muchas veces nuestra pareja viene a nosotros con un conflicto interno, alguna discrepancia o problema, pero con actitud conciliadora. Lo que necesita el otro, en ese momento, es **sentirse escuchado y entendido**, por lo que nosotros debemos evitar caer en justificaciones y explicaciones. Tanto nosotros como la otra persona merecen y necesitan el espacio para expresarse y para entender al otro antes de saltar a hacer juicios de opinión o de valor. Escuchar con empatía no es quedarse en silencio: implica demostrar interés, hacer preguntas afirmantes, estar presente.

Algunas respuestas que demuestran empatía:
- *Dime más, amor.*
- *¿Qué está en tu corazón?*
- *¿Qué sientes?*
- *Te escucho.*
- *Estoy aquí.*
- *No me voy a ir a ningún lado.*
- *Te entiendo.*

Piensa que en el momento en que el otro abre su corazón a nosotros, él es el protagonista. Nuestro rol es el de motivar la honestidad, en lugar de castigarla o actuar de modo defensivo. Cuando actuamos de forma agresiva frente a la verdad de nuestra pareja, estamos propiciando que se cierre el canal de comunicación.

Mientras planeaba este libro, como si lo hubiera buscado, me crucé con un video en internet en el que se leía un *post* en un foro, y me pareció muy ilustrativo de este mismo punto. Un hombre se quejaba de que su esposa ya no le hablaba más que para cuestiones de organización diaria. Es decir, no le contaba cómo había sido su día —se limitaba a un "bien" —, ni tampoco le preguntaba a él sobre el suyo. No lo invitaba a participar de su vida de ninguna forma. El hombre cuenta luego que, en el pasado, su esposa se le había acercado casi una vez a la semana con un conflicto que resolver, con necesidades emocionales que quería solucionar con él. Hasta que un día, hastiado de escuchar "problemas", él le gritó que no quería escucharla más, que no le hablara más. El canal de comunicación se cerró **por completo**, y su esposa dejó de hablarle.

Una tarde, el hombre se cruzó con su cuñado y este se lamentó de que no hubiera podido acompañarlos en la entrega de un premio que la mujer en cuestión habría recibido. El esposo quedó pasmado, porque jamás se había enterado de ese premio, ni tampoco de que su esposa estuviera considerada. Ella le había dicho a su familia que su esposo estaría ocupado trabajando en la noche de la entrega y, a su esposo, que iría a cenar con unas amigas.

La comunicación no es solo resolver problemas, sino también ser parte de la vida del otro. Que ambos sientan que a su pareja le *importa* escuchar lo que los aqueja es no solo importante, sino *necesario*. En este caso, ¿cuánto tiempo crees que pasará antes de que esa pareja se disuelva?

Si no tenemos el espacio para expresarnos para que el vínculo se nutra, lo único que sucede es que juntamos todo lo que no podemos externalizar hasta que explotamos. Todo se termina, y nosotros, que llevamos al otro al cierre comunicacional, nos sorprendemos.

Aunque no verbalicemos los conflictos, no dejan de suceder.

Si el otro calla, no quiere decir que no sufra, o que el vínculo no necesite algún tipo de "reparación". Lo único que quiere decir es que uno no lo sabe. Solo a través de un canal de comunicación abierto podemos limar asperezas y volver a generar una conexión.

Claro que no es un monólogo. Podemos interrumpir, pero no para justificar ni defendernos, sino para decir que entendemos su emoción, pero con nuestras palabras. De esta forma, no solo demostramos empatía, sino que nos aseguramos de en realidad comprender lo que nos están queriendo decir. Por ejemplo, si nuestra pareja nos dice que siente que va a explotar, que no puede con las tareas del hogar, que en el trabajo tiene mucha presión, nosotros podemos responder: "Comprendo que lo sientes muy abrumador", o "Comprendo que te sientes sola en las tareas".

Recuerda que los conflictos tienen una causa real y una superficial (comienzo del capítulo 6). Nuestro objetivo debe ser encontrar el verdadero problema y reconocer si requiere resolución, o si solo requiere escucha y conexión. Muchas veces un beso y un abrazo son todo lo que se necesita. En cambio, cuando nos justificamos o explicamos nuestra versión, estamos poniendo una curita en una herida de bala. No debemos olvidar agradecerle al otro por confiar en nosotros, la honestidad no es menor y es importante que la reconozcamos.

Si te llevas algo de este segmento, que sean estos dos puntos:

1. Si tu pareja te dice algo que no te gusta, no lo castigues. Dile que no te gusta lo que estás escuchando, pero agradécele también por confiar en ti. Jamás utilices en su contra lo que el otro te está confiando desde el fondo de su corazón, si te ha hablado desde el dolor.

2. Normaliza las charlas de sentimientos y conexión de pareja. Después de todo, la pareja debe ser un santuario en donde ambos puedan hablar de sentimientos sin sentirse invalidados, minimizados y sin generar conflicto innecesario. Uno debe ser la convención del otro y viceversa.

Si el conflicto del otro es personal

Nuestra pareja no siempre vendrá a nosotros con un conflicto en el que estemos involucrados. En una pareja sana, cada persona es un individuo independiente y tiene grupos de amigos, un lugar de trabajo, va a diferentes actividades sociales que no tienen que ver con nosotros. Lo que tenemos que hacer es preguntarle al otro si busca una opinión o si solo busca ser escuchado. Más allá de la respuesta, debemos procurar no invalidar su sentir. Si se siente triste, no decirle que no lo esté, o que no llore, o que no es para tanto.

No es raro que nuestro instinto quiera involucrarse en la ecuación —"Con todos los consejos que ya te he dado…"—, pero recordemos que **no es sobre nosotros**. Si mantenemos esta actitud e invalidamos lo que siente, vamos a incentivar al otro a suprimir su sentir y eso saldrá, con el tiempo, de alguna manera: insomnio, taquicardia, comportamientos agresivos, etcétera.

RONDA DE EJERCICIOS

El ejercicio que te propongo es incómodo, pero solo por unos minutos. Verás cómo todo fluye sin esfuerzo cuando más se practica. Elige un tema desafiante que hablar con tu pareja (¡solo uno!) y, durante sesenta minutos, apaga el teléfono, la computadora, cualquier tipo de distracción para una hora de comunicación ininterrumpida.

Solo hay dos reglas:

1. No se puede elevar la voz
2. Se debe hablar, pero también escuchar la respuesta del otro

Comunicación desde el amor en pareja

Lo primero a tener en cuenta es que la comunicación no se reduce a lo que decimos o el contenido de las conversaciones que tenemos, sino que incluye el tono de voz, el lenguaje corporal y la forma en que la otra persona recibe el mensaje. La regla número uno de la comunicación desde el amor es no abordar al otro desde la confrontación, la demanda o con actitud dictatorial.

Si el conflicto no se puede resolver,
al menos que no empeore.

Cuando iniciamos una conversación desde la frustración, la tristeza o el enojo, tendemos a desvalorizar al otro, adoptamos una actitud defensiva (y ofensiva), y acabamos por empeorar las cosas. En otras palabras, en lugar de resolver, apilamos los problemas y no llegamos a ningún lado, o al menos no a uno feliz.

Es clave comunicarse a través del medio adecuado y en el momento oportuno. Es decir, no tener conversaciones importantes por teléfono, sino en persona. No asaltar al otro ni bien cruce la puerta, sino abordarlo en un momento tranquilo y preguntar si tiene un minuto para escucharte. Lo ideal es expresarnos y acabar con una propuesta, una pregunta abierta que invite al otro a participar, en lugar de cerrar con una queja. Por ejemplo: "¿Qué crees que podemos hacer para solucionar esto?". La idea no es exigir a nuestra pareja una solución, sino invitarlo a construir un plan juntos. Es mucho más probable que el otro elija involucrarse en resolver el problema y participa del diseño de la solución, que si no.

RONDA DE EJERCICIOS

No te sientas mal si te abruman tus emociones en discusión y acabas diciendo cosas que no crees en verdad, e hiriendo al otro. Es muy normal que ante temas que nos resulta dolorosos, respondamos de manera agresiva. Sin embargo, es importante ser conscientes de esta actitud y tratar de cambiarla, porque, como dijimos antes, no es productiva, sino todo lo contrario. Para ello, te propongo hacer uso del diario o *journal*. Antes de abordar a tu pareja con un tema ríspido, escribe lo que quieres decirle, como un ensayo. Ver las emociones en el papel nos ayuda a, por un lado, sacar gran parte de la espuma que llevamos dentro; por otro, a distanciarnos de la emoción. Por último, nos permite organizar nuestras ideas y pensamientos. Esto nos ayuda a evitar que nos dominen el miedo y la inseguridad —que se enmascaran como dolor y enojo.

> *No somos nosotros contra el otro,*
> *sino ambos contra el problema.*

Si la conversación surge sin que la planeemos, y no podemos realizar el ejercicio de escribir, aún tenemos un salvavidas. Recuerda que en el primer capítulo de este libro hablamos sobre comprender nuestras propias emociones, pues aquí viene a cuento. Cuanto más versados estamos en nuestro propio sentir, mejor podremos identificar cuándo nos quede poca cuerda en el carretel y estemos al borde de explotar. Ese es el momento de detener la conversación con un simple "Necesito un minuto para enfriarme, porque voy a decir cosas que no pienso y voy a empeorar las cosas", y alejarnos para realizar el ejercicio y volcar la espuma en el papel.

Comunicar necesidades

No existe nadie que no tenga necesidades emocionales, y es inevitable que las comuniquemos. Pero, si lo hacemos de mala manera, podemos comenzar un problema en lugar de satisfacerlas. Porque, aunque la necesidad sea la misma, no es igual decir "Necesito un abrazo" que *reclamar* "Nunca me abrazas".

A la hora de expresar necesidades debemos evitar los circunstanciales de negación (*no, nunca, jamás, ninguno, tampoco, nada, para nada*). En primer lugar, porque son hiperbólicos, una exageración que desmerece lo que el otro *sí* hace, aunque para nosotros no sea suficiente —más adelante hablaremos sobre los lenguajes del amor y los conflictos que puede causar la incompatibilidad de ellos. En segundo lugar, no debemos usarlos porque **no alcanzan el objetivo**. Son agresivos, y por eso no son el mejor camino para satisfacer nuestras necesidades.

También es recomendable evitar abordar el pedido desde la carencia. Por ejemplo: "No me gusta cuando...". En su lugar, es mejor comenzar con "Me gustaría que...", o "Me encanta cuando haces...", para incentivar un comportamiento en lugar de castigar al otro. Luego de una conversación de este tipo, es recomendable darse espacio para que el otro pueda demostrar que está esforzándose en mejorar, que ha escuchado y comprendido. Si le estamos encima, aunque viéramos un cambio, no sabríamos si nuestra pareja nos entendió o no, porque podría estar accionando por la presión e insistencia que nosotros ejercemos.

Algunos tips para comunicarnos mejor:
- *Habla de nosotros y no de tú o yo.*
- *Utiliza muchas gracias y por favor.*
- *Cuida tu entonación.*
- *Procura mantener la delicadeza.*
- *No interrumpas al otro mientras abre su corazón.*
- *No eleves la voz.*
- *Sé detallista a la hora de expresarte.*

Algo no menor a saber es que hay algunos conflictos que no tienen solución, que tienen que ver con la naturaleza de cada uno. Si nosotros somos introvertidos y hogareños, y el otro es extrovertido y disfruta de tener mil actividades, debemos aceptar que la diferencia es irreconciliable y aprender a vivir con ello, o irnos.

CASO DE ESTUDIO

Ni Dante ni Sofía habían tenido antes parejas largas y formales. Ninguno de los dos sabía cómo comunicar ni *qué* comunicarle al otro para que la relación perdurara en el tiempo, de forma sana. Ella, instintivamente, buscaba hablar, y él evitaba conversaciones incómodas. Eso fue sostenible durante nueve meses, en los que se vieron dos o tres veces a la semana. Ya habían conocido a la familia del otro y ambos estaban entusiasmados por pasar al siguiente nivel, así que decidieron convivir. Claro que, siendo una relación sin comunicación, no se tomaron el tiempo para tener la conversación sobre quién haría qué, qué roles ocuparía cada uno, qué cosas esperaban del otro, etcétera.

Dante era muy desordenado y no le importaba demasiado si las cosas no estaban en su lugar. Esto comenzó a generar tensión en Sofía, quien no podía hacerle entender su punto de vista y lo importante que era para ella vivir en un hogar ordenado. Este pequeño problema, al cabo de unos meses, amenazaba con romper un vínculo amoroso, porque ninguno de los dos sabía cómo abordar este conflicto. Era, después de todo, la primera vez que convivían con una pareja. La rutina y los roces comenzaron a abrumarlos, y a eso siguió la desconexión en la intimidad. Ya no había actos de amor ni de servicio porque, en el fondo, no había sensación de equipo.

Agotados, pero con deseos de proteger lo que tenían, decidieron hacerse preguntas sobre qué esperaba uno del otro, qué necesitaban en el hogar, en qué podían ceder, cuáles eran sus necesidades emocionales. Fue su santo remedio. Ahora que ambos sabían con exactitud cómo afectaba su comportamiento al otro y qué se esperaba de ellos, fue sencillo recordar cuán compatibles eran y cuánto amor sentían.

Qué aclarar, cómo y cuándo

Es muy común el error de caer en el noviazgo prematuro, cuando todavía las emociones del otro no han tenido tiempo de florecer y desarrollarse, para que el vínculo se consolide, y decidan involucrarse con nosotros. Los/as novios/as prematuros tienden a reclamar y volverse asfixiantes, entre comportamientos que no corresponden a la etapa de cortejo. En general, esto espanta a la otra persona.

Para dar un tiempo estimativo, a los tres o cuatro meses de cortejo es un buen momento para comenzar a hablar de temas más íntimos en el vínculo. Es decir, empezar a preguntarse hacia dónde va la relación, si ambos quieren lo mismo y se proyectan hacia el mismo objetivo. De esta manera evitamos caer en la ambigüedad, en la incertidumbre de no saber "qué somos", pero es importante no plantearlo desde la inseguridad —"¿Qué quieres conmigo?", "¿Qué pretendes de mí?"—, ni asumir que ya somos pareja sin haberlo planteado antes. En el primer caso, le damos al otro todo el control sobre la toma de decisiones respectivas al vínculo; en el segundo podemos convertirnos en una pesadilla intensa que acaba por alejar a la persona.

Es la primera charla importante de la relación. No debemos evitarla, ya que es la base del vínculo. Asumir que ya somos pareja esconde miedo al fracaso. La forma ideal de plantearlo es como un límite. Es decir, presentar al otro qué queremos, hacia dónde va nuestro corazón y preguntarle si está alineado con nosotros para poder seguir creciendo juntos.

Siento cosas por ti, me gusta como van yendo las cosas y quiero saber si te pasa igual o si tengo que evaluar mis opciones

Al plantearlo como un límite, quedamos al mismo valor que el otro en cuanto a las decisiones, y demuestra seguridad y amor propio. Si de esa conversación salimos desorientados, en la ambivalencia, con señales confusas o con indiferencia, ¡ahí no es!

Quiero a mi lado a quien sepa qué quiere y a dónde va.

Si la persona no sabe aún si quiere avanzar, tienes dos opciones: quitar el pie del acelerador y darle dos o tres meses más, o dejarla. Depende de cuánto te moleste a ti fluir con la etiqueta o sin ella. Si no te pesa avanzar sin el título de "novios" durante un par de meses más, puedes hacerlo. Pero, si de verdad te molesta, **es mejor irse**. Por más que el otro nos guste mucho, no debemos obligarnos a quedarnos, en detrimento de nuestros estándares. Además, si nos vamos podemos hacer al otro repensar su decisión, porque el humano suele no valorar lo que tiene hasta que lo pierde. Para que eso suceda, es necesario que dejemos el vacío para que nos busque de nuevo, y poder establecer las nuevas condiciones del vínculo. Si no vuelve, no le interesaba tanto como parecía, o quizás nosotros nos ilusionamos sin razón. En ese caso la mejor opción es **soltar** y continuar nuestro camino para que llegue la persona que nos valore por lo que somos y con quien crear el vínculo que queremos.

No le des tratamiento de pareja a quien no es tu pareja.

Si volcamos sobre el otro todos los beneficios de una relación, el otro tendrá un sinfín de beneficios sin ninguna responsabilidad. Esto se presta para que nos utilicen o para que nos generen falsas expectativas.

Relaciones a distancia

Antes de hablar de relaciones a distancia hay que comprender que no es lo mismo tener una pareja que conocimos en persona y después distanciarse —por trabajo, turismo, estudio, etcétera—, que conocer a una persona de forma virtual y después en persona. En el segundo caso, es típico que se genere una idealización del otro, que luego en persona no se puede sostener. También es muy normal no tener química de la misma forma que en la virtualidad. Por eso es importante conocerse en persona lo antes posible, para no enamorarse de una versión idealizada del otro que no existe, en lugar de la persona real. Se puede conocer al otro a través de mensajes o videollamada, pero solo hasta cierto punto. Esto **no reemplaza conocerse en persona**.

La distancia puede hacer ver todo color de rosas, porque es una relación ilimitada. Incluso cuando nos vemos de manera esporádica, puede sentirse maravilloso y eso se debe a que son unas vacaciones de la vida real, una luna de miel **que nada tiene que ver con la convivencia**. Por esto, si has prestado atención, he repetido durante todo este libro la importancia de avanzar de forma gradual en el vínculo y **no saltar etapas**.

Más allá de esta breve introducción, no nos conviene subestimar a la distancia a la hora de formar una relación. Aun si estamos convencidos de que no nos molesta, genera conflictos que una pareja que se ve con regularidad no tiene. En primer lugar, la comunicación es mucho más difícil, porque los medios de comunicación se prestan para confusiones. Uno, desde un lado de la pantalla, asume gran parte de lo que hace a la interacción: los estados de ánimo, el tono, el contexto, si hay énfasis. Incluso ahora, con los audios en mayor velocidad, se distorsiona aún más.

Recuerda que la comunicación no es solo palabras. Un "¿En qué andas?" puede tomarse de mil maneras, porque nos falta muchísima información, además de que también nuestro humor y estado de ánimo modifican cómo interpretamos el mensaje. Es por esto que los conflictos de pareja son mucho más difíciles de resolver —porque el canal de comunicación tiene más obstáculos que lo normal—, y es muy fácil acabar empeorando las cosas.

En segundo lugar, la distancia genera una enorme barrera de toque físico, que es *vital* en la intimidad de pareja. La falta de toque físico deriva en que se atenúen la conexión y la atracción sexual y el vínculo puede pasar a una de mejores amigos. No solo afecta la intimidad erótica, sino también la contención, el abrazo, el beso después de una discusión, la reconciliación física.

En tercer lugar, se comienza una relación en la que no hay planes ni proyecciones a futuro juntos, algo que como vimos es muy importante para el desarrollo de un vínculo sano, porque son la esperanza del futuro de pareja.

En cuarto, las necesidades emocionales pueden verse insatisfechas, y el espacio entre ambos es mucho más que físico y/o erótico, también llega a ser emocional —algunas veces para uno, otras para ambos.

Por último, una relación a distancia es tierra fértil para inseguridades, porque tira sal en todas las heridas de traición y abandono de ambos integrantes.

¡Pero no corras a dejar a tu pareja a distancia! Hay soluciones. Solo se requiere un poco más de trabajo y esfuerzo que en otras circunstancias. Es primordial mantener una dinámica de comunicación sana, dando al otro espacio para que se contacte a su ritmo y no presionarlo ni reclamar. Es decir, este no es un medio para la intensidad, para agotar temas de conversación rápido ni para ponerse demandante.

Con respecto a los conflictos, si hay uno delicado —marca mis palabras— ¡no lo trates por mensaje! Procura hacer una videollamada y conversar al respecto, para dejar lo mínimo posible a la imaginación.

En cuanto a los proyectos, **deben tener fecha** y haber algunos tanto a corto como a largo plazo. Es vital que la pareja pueda tener esperanza, algo que aparece cuando hay planes concretos. Algunos pueden ser cuándo nos vamos a ver, cuándo vamos a vivir juntos;

objetivos a los cuales anclarse desde lo emocional. En el anexo de este libro encontrarás ejemplos de objetivos de pareja, tanto materiales como inmateriales.

¡No subestimes el enfriamiento de la sexualidad! Hay que dedicarle tiempo, tener una cita por videollamada cada semana, una llamada sexy, *sexting* (mensajes candentes). Debemos mantener la llama prendida para no acabar como amigos. Hay muchas citas virtuales que pueden tenerse, como ver una película, jugar algún juego online, cocinar, etcétera.

Por último, para evitar la inseguridad, lo único que podemos hacer es trabajar la confianza a través de transparencia y honestidad, aunque duela o se generen charlas incómodas. Por sobre todas las cosas, para tener una relación a distancia sana y exitosa, debemos trabajar en la **gratificación aplazada**.

CASO DE ESTUDIO

Sonja y Viriato coincidieron en una aplicación para aprender inglés, y la conexión fue inmediata. Conversación tras conversación, en ambos crecía un interés inesperado y abrumador en un desconocido que residía en un país a muchas horas de distancia.

Durante tres meses, las mañanas se recibían con mensajes de "Buenos días", y antes de dormir no faltaba el "Que pases buena noche". Fue entonces que decidieron formalizar y ponerle nombre a lo que tenían: una relación a distancia. Aunque conocían sus rostros y se habían escuchado la voz en videollamadas, jamás se habían visto en persona, menos aún se habían besado. La ansiedad y el deseo aumentaban con cada semana de conversación ininterrumpida y, al cabo de seis meses, decidieron acabar con su agonía.

Sonja subió a un avión y viajó muchas horas. Viriato la esperó ansioso y la recibió con los brazos abiertos. El principio, aunque incómodo, había estado cargado de entusiasmo y anticipación, pero cuando las aguas se calmaron, a ambos los invadió una profunda desilusión. Compartiendo espacios, ambos se dieron cuenta de que quien tenían enfrente no era la persona de la que se habían enamorado. Sí, eran Sonja y Viriato, pero no esa versión idílica que ambos habían fabricado en su mente. Se parecían a esa fantasía no más de un diez por ciento.

No bajaron los brazos, pusieron lo mejor de sí, pero la química no existía, ni siquiera en la intimidad. Para colmo, proyectar juntos era imposible: nunca habían hecho planes y no tenían qué planear en ese momento. Sonja volvió a su país y los mensajes se fueron enfriando y espaciando, hasta que desaparecieron los "Buenos días" y las "Buenas noches", de parte de ella. Viriato aún creía en la pareja, pero Sonja sentía la presión de tener que ser alguien que no era para él.

Bastó un golpe de realidad para que se diera cuenta de que lo suyo era pura fantasía.

Problemas de confianza en la pareja

Como hemos dicho antes, la confianza es uno de los pilares más importantes de una relación sana. Necesitamos saber, en la medida en que sea posible, con quién estamos, y para eso hay que confiar en lo que el otro hace y dice. La confianza nos da estabilidad y nos permite proyectarnos como pareja. En una relación sin ella, el vínculo no llega ni a la esquina, porque cada cosa que se dicen genera ansiedad e inestabilidad, algo que acaba en descontento e insatisfacción.

Cuando hablamos de confianza hay dos caras de la misma moneda. Porque una persona puede tener actitudes o hacer cosas que nos generen desconfianza, pero también suele ocurrir que desconfiamos porque tenemos carencias de autoestima y amor propio. Este es el caso que viene con celos irracionales, y con la necesidad de sanar las heridas del pasado. Remitiendo al capítulo 1 de este libro, somos nosotros los que tenemos que aprender a sanar y a confiar, para no acabar autosaboteando la relación.

*Nadie quiere sentirse ladrón
cuando no robó.*

Nadie quiere sentir la mirada controladora de su pareja. Si actuamos con desconfianza, sin motivos, lo que lograremos es asfixiar al otro, agobiarlo y ahogarlo. A largo plazo no hay quien tolere —ni quiera tolerar— ese tipo de comportamiento. Lo ideal es comenzar la relación con el beneficio de la duda.

*La confianza es un termómetro que empieza
caliente y, si se enfría rápido, sube muy lento.*

Una vez perdida la confianza, es muy difícil que la relación prospere. Si comenzamos asumiendo que todo el mundo engaña, es que no estamos listos para abordar una pareja, porque no podremos confiar en nadie. Esto es sinónimo de tener una vida intranquila, de permanente control —y controlar es muy agotador—, de chequear todo el tiempo coartadas, de generar conflictos permanentes. En otras palabras, de manifestar lo que tenemos miedo de que suceda: que la relación se acabe. Confiar es de valientes, implica ser vulnerables frente a alguien más, entregarse al amor, y se puede entrenar como un músculo. Recuerda el ejercicio de "¿Qué es real y qué imaginario?".

Si no confío en mi pareja

Una relación sana se construye desde la libertad, el respeto y la confianza. En ella no hay lugar para la posesión ni la codependencia. No sirve tampoco forzar al otro a ser alguien que no es, a fingir porque nosotros lo controlamos. La consecuencia de obligarlo a usar una máscara es que aprenda a ocultar mejor. Así, perderemos la oportunidad de evaluar si la persona está a la altura del vínculo sano que merecemos, porque le quitamos la libertad para actuar como consideran, y a nosotros de observar. Por esto es tan importante no castigar la honestidad, porque es mejor darle cuerda para que nos muestre sus verdaderos colores y recabar información.

Si tenemos los ojos abiertos, sabremos si podemos o no confiar en el otro, porque las mentiras son difíciles de mantener en el tiempo; se volverán menos consistentes y congruentes, y nosotros tendremos toda la información sobre la mesa. Ahora bien, si las acciones de nuestra pareja son una clara falta de respeto, algo que afecta nuestros no negociables, es momento de poner límites (capítulo 5) y de tratar de que vea las cosas desde nuestra perspectiva.

¿Cómo te sentirías tú si yo hiciera lo mismo?

Luego de haber marcado límites, lo que nos queda por hacer es ver si los respeta, si cumple el acuerdo pactado. Recuerda que, si no mantiene su palabra, ¡ahí no es! No se le puede pedir peras al olmo.

Engaños e infidelidades

La fidelidad no es sinónimo de ser monógamo, sino la lealtad hacia los acuerdos establecidos de la pareja. Acostarse o tener intimidad con alguien fuera de la relación es una infidelidad en la monogamia, pero no en otros acuerdos como el poliamor o la pareja abierta. Cada relación tiene sus propios acuerdos y todos son válidos y deben respetarse. Cuando se rompen esos acuerdos, se destruye la confianza, que ya hemos explicado es un pilar fundamental de un vínculo sano. La persona engañada cae en una espiral de cuestionamientos, se siente traicionada, engañada y estafada, porque desconoce a quién tiene al lado.

La pregunta número uno que nos hacemos cuando somos engañados es *por qué*. Hay muchas razones, pero todas se engloban primero en la inmadurez emocional, porque una persona madura aborda una conversación incómoda antes de engañar. Esto no quiere decir que quien es engañado sea ciento por ciento una víctima. Puede también ser negligente en el vínculo. Es típico que la traición se dé cuando la persona infiel tiene necesidades emocionales que no están siendo satisfechas, no puede resolver conflictos de la pareja y busca escapar.

Si recuerdas el comienzo de este capítulo, para todo conflicto hay una razón superficial y una real. En el caso de la infidelidad, hay cuatro razones reales. La primera y más obvia es por deseo o impulso sexual, por necesidad de variedad. Aquí caen las personas que buscan gratificación instantánea cuando tienen necesidades emocionales insatisfechas o carencias en su relación —sea intimidad, sexo, conexión emocional, sentirse deseados, cortejados. La segunda razón es por carencias emocionales *personales* que la persona trata de satisfacer por fuera. La tercera es por despecho o venganza, el ojo por ojo. El mayor problema en este caso es que no siempre lo que se percibe como un engaño lo es en realidad. La cuarta razón es el autosabotaje, cuando hay patrones o mandatos que no condicen con los acuerdos de la pareja. Por ejemplo, si tenemos el patrón *inconsciente* de que todos los hombres/todas las mujeres nos abandonan —por personas que han fallecido a lo largo de nuestra vida u otras que han abandonado a nuestros seres queridos—, hacemos lo posible por terminar la relación antes de que nos suceda también, cuando comenzamos a sentir un vínculo real.

Evitar que te engañen

No es posible *garantizar* que la otra persona no nos sea infiel, porque está fuera de nuestro control la manera en que esta transita los desafíos personales y de pareja. Mucho menos podemos saber si seremos compatibles en cinco años, o si creceremos al mismo ritmo. Pero sí podemos hacer algunas cosas para evitar que nos engañen: en primer lugar, lo ya repetido varias veces, es prestar atención a las banderas rojas de la persona. Debemos evaluar su sistema de valores, si miente y engaña a otros, si tiene empatía, si siente cargo de conciencia, si mantiene su palabra, etcétera. Si no lo hacemos, podemos terminar muy fácil con alguien que tiende a engañar y, por consiguiente, terminar siendo engañados. En segundo lugar, mantener un canal de comunicación abierto y fluido, para poder atravesar los conflictos de pareja juntos. Por último, el otro *debe* saber que, si cruza nuestros límites, ya no volverá a vernos. Recuerda que el miedo a la pérdida es un gran motivador y puede ser utilizado **no como amenaza**, sino como muestra de nuestro amor propio.

Transmitir confianza a una pareja insegura

Si nos toca una pareja que desconfía de nosotros *sin darle motivos*, podemos transmitirle seguridad y confianza, aunque sea ella la que tenga que hacer el trabajo interno. Hay cuatro cosas que podemos hacer para que el otro se sienta más cómodo en la relación y que a su vez aportan a su camino de sanación.

El primero puede sonar muy obvio, pero podemos promover el cuestionamiento de su inseguridad. Procurar recordarle que no somos ese tipo de persona, que conoce nuestros valores, que jamás le faltaríamos el respeto de esa forma.

De más está decir que esto solo funciona si nosotros tenemos integridad de palabra y, efectivamente, no hemos traicionado al otro.

También sirve validar a la persona desde el amor, y hacerla sentir querida, porque como hemos visto, muchas veces la falta de confianza parte de una profunda inseguridad. No solo podemos validarla a través de afirmaciones, sino también buscando conectarnos con ella a través de su lenguaje del amor, hacerla sentir una prioridad.

En tercer lugar, podemos hacer demostraciones de compromiso, que vea que queremos invertir en el vínculo —con objetivos a corto y largo plazo, acuerdos de exclusividad, avanzar a convivir, comprar bienes en común, casarse, etcétera—. Puede ser inversión emocional, de tiempo, de dinero y/o de esfuerzo.

Por último, aunque pueda sonar contraintuitivo, para ayudar a una pareja insegura hay que evitar ceder ante sus caprichos o comportamientos irracionales. Sí: ceder hace que se calmen las cosas *en el momento*, pero a la larga validan esa actitud posesiva y controladora.

Construir confianza en pareja

La confianza en la pareja se construye de a dos, así que, en primera instancia, no se logra si rema uno solo. Cada integrante puede controlar sus propias acciones, no las del otro, y desde ese lugar debe cuidar su integridad de palabra y hacer lo que dice que hará. El compromiso se mantiene desde muchos frentes, desde la promesa de sacar la basura antes de acostarse hasta la de borrar de las redes sociales a la gente que no conocemos.

Aunque parezca tonta la aclaración, no debemos tampoco hacer cosas buenas que parecen malas. Es decir, tener comportamientos secretos, o de ocultamiento cuando no es necesario por no tener problemas. Esto puede ser borrar un mensaje, tapar el teléfono si se acerca nuestra pareja, una "mentira blanca" sobre si hablamos con alguien en un evento, etcétera. Así como esperamos que la otra persona tenga estándares y buenos valores, debemos tenerlos también; mantener la congruencia entre lo que decimos, hacemos y pretendemos. Tampoco es recomendable hacer *sinceridio* y compartir cosas que no suman al vínculo, sino por el contrario. En términos generales, suele ocurrir con experiencias sexuales pasadas y exes. Si la lección del pasado fue aprendida, no hace falta hablar al respecto.

También es importante ser honestos, decir lo que pensamos le guste o no al otro. Recuerda que las mentiras pueden sostenerse solo durante un tiempo y, si nuestra pareja supiera que sostuvimos una mentira, comenzaría a cuestionarse a quién tiene al lado. Esto aplica tanto para lo que nos gusta y no dentro de la relación —cosas que nos molestan o hieren de nuestra pareja—, como fuera de la relación —nuestras creencias y preferencias—. Por eso es que la confianza y la comunicación están tan ligadas. Recuerda que la comunicación viene con **tacto** incluido. Esto no quiere decir que no podamos crecer y creer algo diferente. Todos cambiamos y evolucionamos con el paso del tiempo. Lo que tenemos que evitar es mentir sobre qué creemos y queremos, cambiar de forma abrupta es poco realista.

Por supuesto, como hemos dicho varias veces, es importante marcar límites sanos, decir que no, ser fieles a nuestros deseos y no permitir que nos lleven de la nariz por complacer (capítulo 1). En la misma línea, no debemos hacernos cargo de cosas que no hemos hecho. Es decir, no debemos pedir perdón si no hemos hecho nada malo —recuerda que ceder por evitar un problema, valida el comportamiento del otro—. El perdón debe ser auténtico. Si no, eventualmente, no valdrá nada.

Necesidades emocionales

Llegó el momento de hablar en profundidad de las necesidades emocionales. Como hemos dicho desde el comienzo de este libro, todos las tenemos cuando formamos una relación con otra persona, y no existe vínculo humano que prospere sin responsabilidad afectiva. Tal como suena, las necesidades emocionales no son un capricho. Si no se satisfacen, la relación no sobrevive.

Tienen el mismo calibre e importancia que las necesidades físicas —comer, dormir, estar limpio—, pero solemos subestimarlas. El problema es que se expresan como demandas y caprichos, y por eso es muy normal que nuestra pareja no les preste tanta atención. Después de todo, cada uno tiene necesidades diferentes o en diferente medida e intensidad.

Muchos no saben cuáles son sus propias necesidades, por lo que viven mucha frustración. Es muy importante estar en contacto con ellas para saber qué no puede faltar para una pareja próspera y feliz.

Una pareja debe ser viento en la vela, no un ancla.

Las necesidades emocionales más comunes son:

1. Sentir afecto, sentirnos queridos, que se simboliza con la sensación de confort y protección. Puede verse como respeto, admiración. A estas alturas debes poder adivinar, no se trata de recibir palabras bonitas, sino que se respalden también con hechos.

2. Sentirnos comprendidos y aceptados desde un punto de vista emocional, no por eso intelectual. Los humanos tenemos por naturaleza el temor a no ser correspondidos o a no tener conexión a nivel emocional y por ello es importante para una relación sana sentir que el otro no solo entiende nuestro sentir, sino que también es recíproco.

3. Sentir seguridad en el vínculo, que tiene mucho que ver con la confianza de la que veníamos hablando. Es vital tener la tranquilidad de que el otro nos es leal, que no va a herirnos, que hay estabilidad en la relación, que cuando

las cosas se pongan difíciles —todas las parejas tienen crisis—, ambos nos mantendremos unidos y creceremos por sobre los obstáculos.

4. Sentirnos conectados con el otro en los momentos de sexualidad e intimidad, una necesidad emocional que solo tienen las parejas. Más allá de la herencia de supervivencia de la especie, hay una necesidad de tener placer y disfrute en la intimidad. Esta conexión se da en el plano físico, pero está muy ligado a la emoción. Piensa en cuántas discusiones enfrían la cama y cuántos actos de amor la encienden.

5. Sentirnos estimulados intelectualmente, que no tiene que ver con que nos lean a Rousseau antes de dormir, sino con la comunicación íntima y honesta. Es importante que encontremos en el otro —y el otro en nosotros— un lugar seguro en donde abrir nuestro corazón y ser nosotros mismos. Así se genera una conexión a través del diálogo.

6. Sentirnos acompañados en la vida. Si vamos a tener un vínculo, en general esperamos que la persona sea un personaje activo en nuestra historia. Que nos dé un sentido de seguridad a largo plazo para poder proyectarnos juntos.

7. Sentir que nuestra individualidad se respeta. Es decir, no es sano tener una simbiosis con nuestra pareja. Es vital que el otro respete nuestros espacios, nuestros tiempos de soledad, y nos permita conectarnos con nosotros mismos.

8. Sentirnos valorados. Esto puede verse mucho en discusiones en donde se echan en cara las cosas que se hacen por el otro. Es una máscara para expresar que no nos sentimos valorados ni apreciados, y todos necesitamos sentir que todo lo que aportamos con pequeños actos de amor o de servicio son reconocidos.

9. Sentirnos apoyados en nuestros proyectos, tanto personales como en pareja, en lo laboral y personal, en sueños y
emprendimientos que queramos alcanzar. De otra forma,
nos sentimos estancados y hay pocas cosas más dañinas
para la pareja.

Intimidad en pareja

Se trata de una necesidad emocional, pero merece su propio
apartado. La intimidad no comienza en el acto sexual, sino mucho
antes. Es desnudarse tanto en cuerpo como en alma, conectar al
abrazarse, darse placer uno a otro. El erotismo es un lenguaje que
toda pareja necesita. De otra forma se pasa a una amistad, a un
compañerismo en la rutina. La energía sexual es la energía de la
creación, es de vital importancia mantener la llama encendida **de
ambos lados.** Los dos integrantes de la pareja deben ser proactivos,
porque una vez apagada la llama, se produce un desconocimiento
del otro en la intimidad y volver a prenderla es muy difícil.

En principio, es necesario mantener un canal de comunicación
abierto, seguro y libre de juicios, desde el amor. En el ámbito de
la sexualidad, lo que debe primar es la compasión. Piensa que en
ese momento todos estamos en una posición de extrema vulnerabilidad, somos más frágiles, y la falta de empatía puede destruir
mucho. A la hora de comunicar necesidades sexuales podemos
herir al otro si no tenemos tacto y acabará por cerrarse a nosotros.

*Las charlas de sexualidad en la pareja
deben ser normalizadas.*

En términos generales, lo primero que hará falta para alimentar el fuego es la variedad. Más allá de la zona genital,

debemos explorar el placer —incluso más allá de lo físico—, conectar con los cinco sentidos. Todos pueden ser estimulados de forma erótica. Por dar un par de ejemplos, la música, los gemidos, el diálogo erótico estimulan la audición. La lencería, las luces, flores y velas estimulan la visión. Para el gusto, claro que podemos utilizar alimentos, pero hay geles, lubricantes y aceites comestibles. Incluso es válido saborear la piel del otro. El olfato se estimula con facilidad con velas aromáticas, perfumes y prestando mayor atención a los aromas que hacen a la persona —su jabón, su crema corporal, su champú, su sudor, etcétera. Por último, el protagonista de la intimidad, el tacto. Como he dicho, no se reduce a los genitales. Hay muchas formas de estimular la piel, que es en extremo sensible. Desde soplar con suavidad, utilizar hielos, plumas, hacer masajes con aceites. El sentido de la vista suele eclipsar a los demás, así que podemos jugar con antifaces para que los demás sentidos estén un poco más en foco. También podemos inmovilizar nuestras manos o las manos del otro para que el resto de la piel sea quien reciba mayor estímulo. ¡Mira todo lo que se puede hacer antes del acto sexual en sí! Y hay un sexto sentido en la intimidad: la imaginación. La sexualidad está relacionada con la mente de manera íntima, sobre todo en el mundo femenino, por lo que estimular la imaginación es muy importante. Puede hacerse con juegos de roles o con relatos eróticos, entre otros.

Estas son opciones. Hay muchas, muchísimas más. Si vas a llevarte una sola cosa de este segmento, que sea estas palabras: ABRE EL CANAL DE COMUNICACIÓN. Es vital para una sexualidad sana que ambos puedan conocer y dar a conocer gustos, preferencias y fantasías, para alcanzar el punto máximo de conexión física, emocional y espiritual.

Los cinco lenguajes del amor

Gary Chapman desarrolló, en los años noventa, una teoría muy efectiva para entender las necesidades emocionales, tanto de nuestra pareja como de nosotros mismos. Seamos conscientes o no de cuáles son, las relaciones se ven afectadas por qué tan afines son nuestros lenguajes primarios con los del otro. Siempre hay uno o dos que predominan por sobre el resto, pero en mayor o menor medida las cinco aplican a todos.

Por dar una definición, los lenguajes del amor son diferentes formas en que nos sentimos amados y amamos a los demás. Y, en términos generales, cómo demostramos cariño es cómo nos gusta recibirlo. Son lo que hace sentir a nuestra pareja entendida e importante.

El primero es **tiempo de calidad,** que no implica simplemente tener citas, sino conectar con la otra persona, estar presente. Que el momento juntos tenga nuestra absoluta atención, de forma ininterrumpida. Tampoco debe sentirse forzado, ni es el tiempo que nos sobra en el día, sino una fecha, un horario, dedicados con intención en el otro, en el que se note el esfuerzo en hacer un espacio en la agenda.

El siguiente es **el toque físico,** cuyos primeros ejemplos son besos y abrazos. Claro que son cosas normales entre los integrantes de cualquier pareja, pero cuando nuestro lenguaje del amor es este, un abrazo nos hace sentir contenidos, seguros, llenos de cariño. No se limita solo a besos y abrazos, sino también a la caricia ocasional, al beso en la mejilla sin contexto, etcétera.

Regalos o detalles es el más malinterpretado de los lenguajes del amor. Muchos creen que es materialista, pero no comprenden que no se trata del precio del regalo o la cantidad de cosas, sino de la intención a la hora de elegir el regalo, de la atención que se le puso a la persona y a lo que le gusta. Un regalo muy válido puede ser una flor, también un juguete para niños, así como también una prenda. No se trata del regalo en sí, sino de la persona que lo recibirá. La espontaneidad es valiosa para aquellos cuyo lenguaje del amor es regalos o detalles, porque un regalo inesperado los hace sentir como una prioridad en nuestra mente.

El cuarto se relaciona con las **palabras de afirmación**, que nada tienen que ver con decirle al otro qué tiene que hacer o cómo tiene que hacerlo, sino con ser los porristas número uno de nuestra pareja. Festejar sus virtudes, sus proyectos personales, motivar al otro, recordarle **verbalmente** por qué lo eliges todos los días.

Por último, los **actos de servicio**. No se relacionan con las tareas ni roles del hogar. Hacer lo que acordamos hacer o cumplir nuestras responsabilidades, no es una demostración de amor. Amor a través de actos de servicio es salir de nuestra rutina por el otro. Por ejemplo, hacer una sopa para nuestra pareja, si se siente mal; hacerle un masaje si vuelve cansado del trabajo; si tiene un antojo, conseguir lo que quiere comer.

El problema de la incompatibilidad de lenguajes es que una persona que demuestra amor con palabras de afirmación no hará sentir amado a alguien que perciba el amor a través del tiempo de calidad. Cuando la relación recién comienza y todos ponemos nuestro mejor esfuerzo, no se siente esta diferencia. Pero, progresivamente —si se da un caso de incompatibilidad—, nos empieza a hacer falta la demostración de amor, y nos vamos sintiendo poco valorados por el otro. Por eso es tan útil saber tanto nuestro lenguaje del amor como el de nuestra pareja. Para descubrirlo, puedes utilizar preguntas directas como "¿Cómo te gusta que te demuestren amor?", y preguntas indirectas como "¿Qué te hace elegirme todos los días?". La actitud o característica que resalte será un indicador de su lenguaje del amor.

TEST:
¿MI PAREJA PERDURARÁ?

Si bien no es a prueba de balas, porque cada pareja es un mundo, y cada individuo es diferente, existen indicadores para saber si el vínculo perdurará o no.

» Tenemos proyectos en común durante las diferentes etapas del vínculo.

» Nos agregamos valor de manera recíproca y nos ayudamos a ser nuestra mejor versión.

» No somos una carga para el otro, nos apoyamos uno a otro y empujamos hacia el mismo lado.

» Somos compatibles.

» Las necesidades emocionales de ambos están satisfechas.

» Hay un balance entre el sentido de pertenencia, el compañerismo, la protección mutua, la intimidad y la estimulación intelectual.

» Nuestras expectativas de pareja están alineadas.

» Tenemos espacios y vínculos individuales.

» Ambos somos alumno y maestro emocional del otro.

» Tenemos buena comunicación, abierta, honesta, sana y fluida.

» No abordamos los conflictos de modo confrontativo.

» Tenemos más felicidad que conflicto y no nos invalidamos.

» Nos respetamos, aun en la discrepancia.

» Luego de los conflictos, podemos reconciliarnos, sabemos pedir perdón.

» Nos asociamos mutuamente con el amor.

Si las cosas no salen cómo queremos

Relaciones tóxicas

Las relaciones no se vuelven tóxicas de la noche a la mañana. Es un proceso gradual que comienza con uno tolerando comportamientos insignificantes, luego un poco más grandes, y así hasta que aguantamos desde palabras hasta acciones abusivas.

Un ejemplo que ya he mencionado es el de no decir nada cuando algo no nos gusta, por mantener la "paz", para no sentirnos culpables o egoístas. De a poco, esto nos convierte en complacientes, y es lo que alimenta la toxicidad del otro. Algunos ejemplos de toxicidad son:

- **Control excesivo.** Donde el otro siempre quiere saber a dónde vamos, con quién hablamos, qué estamos haciendo en todo momento.
- **Celos irracionales y posesividad.** Estas personas comienzan a limitar la libertad del otro y buscan crear codependencia emocional, física y/o financiera.

- **Humillaciones,** tanto en público como en privado, que pueden enmascararse como sarcasmo, bromas pesadas, actitud pasivo-agresiva, siempre con la intención de dejar al otro con la sensación de ser inferior.

- **Violencia emocional o física.** Estas se ven en forma de amenazas, comunicación agresiva, un agarre fuerte, empujones. El objetivo es tener control sobre el otro.

- **Manipulación y *gaslighting*.** Lo que se busca con esto es jugar con la sanidad mental de la otra persona, convencerla de que está equivocada, loca o exagerando.

- **Aislamiento del otro.** Cuando se queman los puentes del otro con sus seres queridos, se lo aleja de ellos, es muy fácil controlarlo y que dependa de uno.

- **Negación de responsabilidad.** Tal como suena, se desligan de toda responsabilidad de eventos o resultados negativos y culpan al otro.

Evitar relaciones tóxicas y abusivas

Primero, estés o no pasando por esto, te recomiendo volver a leer "Estándares: los no negociables y los límites sanos", en el capítulo 5, porque la única forma de evitar este tipo de relaciones es a través de los límites sanos. De establecer líneas que no permitimos que el otro cruce. Te daré algunos tips concretos para que puedas ver cómo se relacionan los estándares y los límites con las relaciones tóxicas:

1. **Conoce tus límites personales,** respétalos tú primero para que otros los respeten también. Esos límites son nuestros no negociables que puedes volver a definir en el capítulo que te he indicado.

2. **Aprende a decir que no.** Es vital hacer las cosas porque uno lo desea, en lugar de por miedo a perder al otro, por

incomodidad o inseguridad. El sí no debe ser la respuesta por defecto. Debemos priorizar nuestro sentir. No se trata solo de decir que no, sino de buscar el equilibrio.

3. **No justifiques tus preferencias.** Cuando queremos algo que no afecta a los demás. No es necesaria mediación, negociación ni acuerdo. Por ejemplo, si queremos comprar zapatos rojos y los demás quieren que compremos negros, debemos llevar los rojos, porque es lo que deseamos y son para nosotros.

4. **Usa tu voz.** Es importante hacernos oír y respetar. Por supuesto debemos ser empáticos frente a la emoción del otro, pero no por ello debemos callar ante el conflicto. Puedes ver más sobre este tema en "Comunicación asertiva". Cuando no nos expresamos, acumulamos y acabamos con consecuencias en ocasiones hasta físicas. Siempre con tacto, debemos expresar nuestras emociones y necesidades.

5. **Rodéate de personas positivas.** Con quién pasamos el tiempo incide en nuestro desarrollo, en profundidad. Siempre es mejor rodearnos de personas que nos aprecian por lo que somos, que nos apoyan, nos hacen sentir seguros y amados, **y no por nuestro nivel de complacencia o sus preferencias.**

Siete formas involuntarias de generar toxicidad en la pareja

Todos tenemos un poco de tóxico adentro, porque no existe nadie sin algún mandato, un patrón negativo, un conflicto personal que resolver. Por eso, es muy normal tener comportamientos tóxicos sin saber que lo son, pero que tienen de igual modo incidencia en la pareja y en nosotros mismos. Aquí te presento algunas formas comunes de toxicidad involuntaria, para que puedas observarte y trabajar en ello si las reconocieras.

- **Buscar culpables.** Cuando aparece un conflicto, en lugar de evaluar la situación, entender al otro, reflexionar sobre nuestra parte de responsabilidad, saltamos a buscar culpables externos.
- **Comunicación agresiva.** Muchas veces somos agresivos de forma gratuita a la hora de pedir algo, de expresar una necesidad o emoción. Es de los problemas más comunes de la pareja la falta de herramientas comunicacionales, y pueden caer en la toxicidad.
- **Comportamientos pasivo-agresivos y negatividad.** Cuando perdonamos al otro por hacer algo que nos ha herido, debemos soltar el conflicto, pero es común que el dolor se invierta en rencor y acabe con este tipo de comportamientos. Incluso, aparecen cuando no hay conflicto por perdonar, simplemente porque tenemos alguna emoción negativa dentro que quiere salir, y la soltamos sobre el otro de forma subrepticia.
- **Hacer promesas que no sabemos si podemos cumplir.** Un clásico de la etapa de cortejo que puede hacerse con o sin malicia, pero que en cualquier caso busca lo mismo: ilusionar al otro —o a nosotros también, incluso— y quemar etapas o alcanzar objetivos.
- **Actitud defensiva permanente.** Esta nos da una vida de conflictos, porque nos tomamos todo personal, y cualquier pequeño error o movimiento que no nos agrada o no cuadra con lo que esperamos se convierte en un gran problema.
- **Utilizar el sarcasmo y/o la crítica para expresar opiniones.** Es una forma muy agresiva de comunicarse, aunque no lo parezca, porque puede hasta sonar con buena intención, pero hiere de igual manera.

- **Pesimismo.** Ver el lado negativo de todo nunca nos lleva a buen puerto. Recuerda lo que hablamos en "La voz en tu cabeza", de la profecía autocumplida y el pronóstico negativo.

¿Puedes reconocer ninguna, una, varias o todas estas formas de toxicidad? Lo importante, si te resuenan los ítems de esta lista, es reconocerlo, entender que son comportamientos que no aportan valor a tu vida ni a tu pareja. Para resolver estas actitudes debemos tener un mayor grado de autoconciencia, saber identificar en el momento el comportamiento tóxico y corregirlo en el paso. Al principio es extraño, se siente artificial. Pero recuerda que la única forma de comerse un elefante es a cucharadas. Cada vez que nos corregimos en el acto, es más fácil y natural que la anterior. Recuerda que estás en un proceso de crecimiento desde el amor propio, y que estás dando lo mejor de ti para que la relación funcione.

Terminar una relación: ¿sí o no?

"Andrés, ¿cómo hago para terminar y que no me duela?", es una de las preguntas que más me hacen. Bueno, la respuesta es: no se puede. Terminar una relación implica pasar por el duelo, incluso si ya no sentimos amor romántico por el otro. El duelo, tal como suena, conlleva dolor por la pérdida de una persona que estaba en nuestra vida y que ya no va a estar en ella. Es muy normal que duela. Más preocupante sería no sentir nada. Los seres humanos somos criaturas de conexión emocional. Cortar un lazo duele, aunque ese lazo sea tóxico. Pero, pese al dolor, debemos entender que, si el vínculo no está aportando valor a nuestra vida, lo mejor que podemos hacer es terminarlo.

Es mejor un final doloroso
que un dolor sin final.

Lo que podemos hacer es pensar en nuestro yo del futuro y preguntarnos si ese yo del futuro nos agradecería por seguir con esa pareja o no. Podemos preguntarnos si en la relación nos aportamos valor uno a otro, si la relación cumplió su ciclo y si vale la pena seguir. Quizás nos quedamos por codependencia, costumbre, complacencia o miedos. No por eso hay amor, somos compatibles o tenemos proyectos en conjunto para seguir creciendo. Muchas veces, terminar la relación es la opción más sana y, aunque vaya a ser doloroso, es un proceso necesario.

Reconectar con mi pareja

Quiero abordar la reconexión con el otro desde su centro, desde lo más simple del mundo: asociarse con el amor. En general, cuando nos desconectamos del otro, lo solemos asociar con dolor, resentimiento, insatisfacción, negligencia, traición, abandono, engaño, etcétera. En otras palabras, con emociones negativas.

Para volver a relacionar a nuestra pareja, es necesario conectarse a través de momentos felices, que nos den alegría. Este es un proceso que se hace **de a dos**. Ambos tienen que poner el 100% de su parte para que el vínculo tenga chances de volver a florecer.

Hay tres cosas con las que hay que empezar. La primera es recuperar el espíritu de las primeras citas: divertirse, pasarla bien, ser espontáneos, probar cosas nuevas *juntos*. Esta es una forma muy simple de volver a conocer a quién tenemos al lado y generar experiencias memorables. Debe ser sostenible, y abordarse con compromiso. Por ejemplo, establecer que una vez cada quince días tendrán una cita; si hay niños de por medio, contratar a una niñera. También es importante evitar todo tipo de conflicto para revivir esos primeros momentos de la relación y evitar distracciones, como teléfonos celulares, para dar toda nuestra atención al otro.

La segunda cosa que se puede hacer es intentar resolver el conflicto de forma **colaborativa,** con el objetivo de reconstruir. En términos generales, las desconexiones nacen de un conflicto. Si esperamos que el vínculo reviva, es clave encontrar la forma de dialogar sobre él de forma honesta y fluida. De esta manera, se logran establecer nuevos pactos y acuerdos de pareja. Lo más importante en este punto es abrir el canal de comunicación, en la que hemos ahondado al comienzo de este capítulo.

La tercera cosa es plantearse objetivos **de pareja** a corto y largo plazo. Es importante proyectarse juntos para no alejarse aún más, ser participante activo de la vida del otro y demostrar la voluntad y el compromiso en esta lucha por reavivar el vínculo. Claro que estos proyectos dependen de la etapa en la que se encuentra la pareja. Puede incluir desde programar un viaje juntos o presentar a las respectivas familias, hasta renovar un espacio de la casa.

Al final del libro puedes ver más ejemplos de proyectos tangibles, en el anexo.

CAPÍTULO VII

El balance perfecto

Todo lo que hemos visto a lo largo de este libro es en sí mismo un conjunto de pesitas que tenemos que aprender a poner en la balanza para que el vínculo esté equilibrado. Es decir, en una relación (cualquier relación) ambas personas involucradas tienen necesidades emocionales, expectativas de pareja, ambiciones y deseos que deben ser respetados y satisfechos de manera equitativa. En una relación equilibrada, ambas personas tienen igualdad de voz y voto en las decisiones que afectan la relación y cada persona se siente valorada y apoyada.

Cuando un integrante solo espera recibir y el otro cede siempre sin poner límites sanos, la balanza se inclina hacia un lado y el vínculo pierde su equilibrio. Si en un comienzo hay un bombardeo de amor, quizás la balanza se mantenga durante un tiempo equilibrada, pero al primer signo de agresión o límite irrespetado, se caerá sin remedio. En definitiva, todas las diferentes formas que observamos en este recorrido de lastimar a un vínculo son las que desequilibran la balanza que es la relación.

Es importante comprender que una relación equilibrada no significa que ambas personas tienen exactamente las mismas necesidades, deseos y preferencias. En cambio, se trata de encontrar un equilibrio que satisfaga las necesidades de ambas personas de manera justa y equitativa.

La falta de equilibrio puede tener consecuencias graves en la salud mental y el bienestar de ambos. Las personas pueden sentirse ansiosas, deprimidas, estresadas y solas en una relación desequilibrada.

Esto no quiere decir, por supuesto, que la relación que ha encontrado un balance sea perfecta. Toda pareja debe enfrentar conflictos y experimenta altibajos.

Un breve resumen de cómo restaurar el equilibrio

Hay varios pasos que puedes seguir para restaurar el equilibrio en la relación y fomentar una conexión saludable. A continuación podrás ver una lista de puntos claves muy breve para ayudarte a restaurar el equilibrio en tu relación, lo que espero que mínimamente te lleves de este libro:

1. Alimenta y desarrolla tu autoestima. Solo así sabrás qué mereces, conocerás tus valores, cuáles son tus no-negociables y podrás amar desde el deseo en lugar de desde la necesidad.

2. Sana las heridas del pasado antes de abordar una nueva relación. Es muy probable que, si no lo haces, lastimes el vínculo de tu presente por los errores del pasado.

3. ¡Anímate a la aventura! Lo desconocido da mucho miedo, pero así es todo lo que vale la pena.

4. ¡No ignores las banderas rojas! Los comportamientos tóxicos y/o agresivos solo empeoran.

5. Elige a quien sea compatible contigo (valores, expectativas y proyectos de pareja) y esté emocional y físicamente disponible.

6. No dependas de nadie para ser feliz. Tú debes ser la persona responsable de tu felicidad, la pareja es la cereza del pastel.

7. No pierdas tu individualidad por estar en pareja, tus hobbies y pasiones te hacen ser quién eres.

8. Ama desde la libertad, el deseo de poseer al otro no es amor, sino nuestras inseguridades hablando. No dejes que nadie te ame desde la posesión.

9. La atracción no basta, el amor tampoco. Una pareja es mucho más que eso. Se necesita estabilidad, compatibilidad con expectativas y proyectos de pareja y compromiso desde la honestidad.

10. La comunicación desde el amor y escucha con empatía son clave, no los desestimes ni descuides.

11. Para que una relación funcione, se necesitan dos con responsabilidad emocional y afectiva.

12. Disfruta el presente. El futuro ya vendrá, no hay necesidad de estresarnos por él, ya sea bueno o malo. Disfruta de la cita, de la relación, del momento y la etapa que te toca vivir y con quien te toca vivirla.

Recuerda que mantener el equilibrio en una relación saludable requiere esfuerzo constante y compromiso de ambas personas, pero **también disfrute, amor y diversión**.

¡Te deseo mucho amor!

Para obtener más un bonus exclusivo ve a *http://NoLeEscribas. com/bonus* y por favor, si te gustó el libro no te olvides de dejarme una recomendación de 5 estrellas, ayuda mucho.

Anexo

Las disonancias cognitivas y pensamientos distorsionados
—Capítulo 1—

Son atajos que el cerebro toma para defenderse de una realidad o una situación que percibe como amenazante. Pensamientos espontáneos que se presentan de golpe en la mente. Desde un punto de vista teórico, pueden entenderse como pensamientos disfuncionales, negativos o como creencias irracionales, aprendidas, automáticas y de difícil toma de conciencia.

Conocerlas nos ayuda a reconocer cuando nosotros u otra persona está distorsionando la realidad y a tener una mejor comunicación, más enriquecedora y satisfactoria.

Hay catorce disonancias cognitivas y pensamientos distorsionados:

1. **Filtraje o filtros mentales:** Es el foco exclusivo en aspectos negativos, de circunstancias o personas con exclusión de otras características. Es decir, tomamos los detalles negativos y los amplificamos, perdiendo así la capacidad

de percibir todos los aspectos positivos de la situación.

Palabras clave: Terrible, tremendo, horroroso, insoportable.

Ejemplo: *Habría disfrutado el evento si la comida no hubiera sido tan horrible.*

2. **Pensamiento polarizado o dicotómico:** Todo o nada. Los eventos y las personas se juzgan en términos absolutos, sin tener en cuenta los grises. En definitiva, es entender al mundo en extremos; percibir que las cosas son blancas o negras, buenas o malas. Aquí, la pareja ha de ser perfecta o un fracaso. No existe término medio.

   Palabras clave: Siempre, nunca, todos (cuando no es coherente con los acontecimientos).

3. **Sobregeneralización:** Tomar casos aislados y sacar conclusiones universales. Si ocurre algo malo en una ocasión, se espera que ocurra una y otra vez.

   Palabras clave: Todo, nunca, nadie, siempre, todos, ninguno.

4. **Interpretación o lectura del pensamiento:** Sin mediar palabra, la persona cree saber qué sienten los demás y por qué se comportan de la forma en que lo hacen. En concreto, presupone las intenciones, actitudes o pensamientos de otros y están seguros de saber qué sienten los demás con respecto a ella.

5. **Catastrofización o visión catastrófica:** Especular y estar seguros de que ocurrirá el peor resultado posible, sin importar lo improbable que sea. También creer que la situación es imposible de tolerar, cuando en realidad solo es incómoda o inconveniente. Se espera el desastre.

   Preguntas clave: ¿Y si sucede lo peor? ¿Y si ocurre una tragedia? ¿Y si me sucede a mí?

6. **Personalización:** Nos atribuimos la responsabilidad por

los eventos negativos. Creemos que todo lo que ocurre es por su culpa, aun sin ser responsable de ello.

7. **Falacias de control:** Presuponemos que tenemos control y responsabilidad excesiva sobre lo que ocurre alrededor, con cierto sentimiento de omnipotencia. La falacia de control interno convierte a la persona en responsable del sufrimiento o de la felicidad de aquellos que le rodean (omnipotente). O, por el contrario, nos percibimos incompetentes e impotentes en grado extremo a la hora de manejar los propios problemas. Otra variable es sentirnos externamente controlados por otros, o por las circunstancias. Si nos sentimos así (impotentes), nos creemos desamparados, víctimas del destino.

8. **Falacia de la justicia:** Calificamos como injusto aquello que no coincide con nuestros deseos, necesidades, creencias y expectativas. Consiste en una visión de la vida con normas y criterios estrictos donde otras opiniones o alternativas se descartan. Nos resentimos por creer que sabemos qué es justo, pero que los demás no están de acuerdo con nosotros.

9. **Culpabilidad:** Culpamos a los demás por los problemas propios o, por el contrario, nos culpamos a nosotros mismos por los problemas ajenos (complejo de mártir).

10. **Debeísmo o "Deberías":** Nos concentramos en lo que consideramos que "debería ser", en lugar ver las cosas cómo son. Tenemos reglas rígidas que creemos que se deberían aplicar, sin importar el contexto.
    Lista de los *debería* más comunes:

    • Debería ser un compendio de generosidad, consideración, dignidad, coraje, altruismo.

- Debería ser el amante/amigo/padre/profesor/estudiante/ esposo perfecto.
- Debería ser capaz de soportar cualquier penalidad con ecuanimidad.
- Debería ser capaz de encontrar una rápida solución a cualquier problema.
- No debería sentirme herido/a nunca, siempre debería estar feliz y sereno/a.
- Debería conocer, entender y preverlo todo.
- No debería sentir emociones negativas como cólera o celos, nunca.
- No debería equivocarme nunca.
- Mis emociones deberían ser constantes.
- Debería confiar en mí de manera total.
- No debería estar cansado/a o enfermo/a nunca.
- Debería ser siempre eficiente al extremo.

11. **Razonamiento emocional:** Formulamos argumentos basados en cómo nos sentimos, en lugar de la realidad objetiva. Creemos que lo que sentimos es lo verdadero de forma automática.

12. **La falacia de cambio:** Presuponemos que la felicidad personal depende de los actos y conductas de los demás o de las circunstancias externas, por lo tanto, esperamos que la actitud de cambio venga del otro en lugar de responsabilizarnos por ese cambio. Es por ello que necesitamos cambiar a los demás, pues creemos que nuestra esperanza de felicidad depende de ello por completo.

13. **Las etiquetas globales/Etiquetado:** Se relaciona a la sobregeneralización. Consiste en asignar etiquetas

globales a algo o alguien, en lugar de describir la conducta observada de forma objetiva. La etiqueta suele asignarse en términos absolutos, inalterables.

14. **La falacia de recompensa divina:** Esperamos que en un futuro los problemas mejoren por sí solos, sin tomar una actitud proactiva, o ser recompensados de alguna forma. Esperamos "cobrar" algún día todo el sacrificio y abnegación, como si hubiera alguien que llevara las cuentas. Nos resentimos cuando se comprueba que la recompensa no llegará.

Ejemplos de objetivos de pareja
—Capítulo 6—

Tangibles/Materiales

1. Comprar una casa o apartamento juntos.
2. Establecer un presupuesto y ahorrar para un viaje o un evento importante.
3. Planificar y organizar una boda o una ceremonia de compromiso.
4. Comprar un vehículo nuevo o renovar el actual.
5. Ahorrar para la jubilación o para una inversión a largo plazo.
6. Abrir una cuenta conjunta y establecer metas de ahorro.
7. Planificar y tener (o adoptar) hijos.
8. Establecer metas de crecimiento profesional y apoyarse uno a otro en el desarrollo de carreras.
9. Renovar o remodelar la casa o el apartamento.
10. Establecer metas para el desarrollo de habilidades o intereses específicos, como aprender un instrumento o hablar un idioma nuevo juntos.

11. Establecer metas para el bienestar físico, como hacer ejercicio con regularidad, o seguir un plan de alimentación saludable juntos.
12. Establecer metas para el tiempo libre como viajar o hacer actividades a cielo abierto.
13. Comprar una casa de vacaciones o un lugar para escapadas.
14. Ahorrar para un fondo de emergencia.
15. Establecer metas para el desarrollo de proyectos en conjunto, como crear un negocio o hacer un viaje aventurero.

Intangibles / Inmateriales

1. Establecer una comunicación abierta y sincera en la relación.
2. Crear una base sólida de confianza y respeto mutuo.
3. Establecer metas y objetivos en conjunto a largo plazo.
4. Compartir intereses y pasatiempos en común.
5. Crear un ambiente de amor y apoyo mutuo.
6. Resolver conflictos de manera madura y efectiva.
7. Crecer espiritual y emocionalmente juntos.
8. Fortalecer la intimidad y la conexión emocional.
9. Crear un ambiente seguro y estable para la relación.
10. Aceptar y amar con incondicionalidad a la pareja tal y como es.
11. Establecer tiempo para pasar juntos y disfrutar de la compañía del otro.
12. Establecer metas financieras y económicas en conjunto.
13. Establecer metas para el crecimiento personal y el desarrollo.

14. Establecer metas para el bienestar físico y el cuidado personal.
15. Establecer metas para el desarrollo de la relación, como viajar juntos o tener una vida social activa.

Agradecimientos

La oportunidad de escribir este libro existe en primer lugar gracias a mi audiencia, a todos los que me siguen en redes y escuchan lo que tengo para decir, a quienes confían en mí para asesorarlos, a quienes dejan comentarios, envían mensajes por privado, a quienes comparten mis videos. Sin ellos, nada de esto sería posible. Muchas gracias, no solo por compartir mi mensaje, sino también por permitirme nutrirlos y nutrirme a cambio.

En segundo lugar, gracias a Rita Jaramillo por depositar su confianza en mí desde el día uno y a la editorial para hacer de este proyecto una realidad, por apoyarme y motivarme.

A Lucia Madiedo, mi mano derecha en este proceso de escritura, por ayudarme con su talento a sacar las ideas de mi mente, estructurarlas y plasmarlas de forma comprensible.

A mi hermano Diego, gracias por organizar mi tiempo, el equipo detrás de cámaras, por sacar mochilas de mi espalda para que yo pudiera dedicarme al libro. Agradezco a mi hermano Gabriel y su pareja Serrana, que han sido un gran apoyo y una fuerza motivadora invaluable en mi camino profesional y personal.

A mi padre, gracias por enseñarme grandes valores, desde el de compartir, el del esfuerzo y la dedicación, hasta el de la unión familiar. Me han hecho madurar y ser el hombre que soy, que puede impartir el mensaje que imparto. Debo agradecer a mi madre no solo por motivarme de forma incansable, sino también por darme desde su profesión de psicóloga un sinfín de conocimientos y pilares para construir mi filosofía. Sin ella, este libro no existiría.

Al Andrés joven y a las mujeres que pasaron por su vida, les agradezco por lo positivo y lo no tan positivo. Son parte de mi historia y me ayudaron a madurar, me dejaron aprendizajes y lecciones, aciertos y errores sin los cuales no podría dar el mensaje que doy.

Por último, pero no por ello menos importante, gracias a ti –que elegiste este libro de entre tantos otros títulos–, desde el fondo de mi corazón. Juntos podemos apoyarnos en crecer y motivarnos. Espero que este libro haya sido todo lo que esperabas.

ANDRÉS VERNAZZA

(Montevideo, Uruguay) es *coach*, consultor e investigador en relaciones humanas y de pareja. Se graduó con honores del Ejército Nacional de Uruguay como oficial de artillería, y fue comandante de sección. También se formó en Ashford University en Estados Unidos, donde obtuvo dos licenciaturas en Sistemas de Información de Negocios y Ciencias de la Computación y Matemáticas con honores.

Con millones de seguidores en sus plataformas digitales, Andrés se dedica a investigar, crear teorías y aprender de su audiencia, así como a compartir su conocimiento. Una de las conclusiones a las que ha llegado, a partir de sus investigaciones y su formación, es que pueden existir relaciones de pareja sanas, incluso en una sociedad que fomenta comportamientos tóxicos, manipuladores, de luchas de poder y de poco cuidado de los aspectos emocionales. De ahí nace *Basta de amor tóxico*, su primer libro.

@andresvernazza